Memórias do subsolo

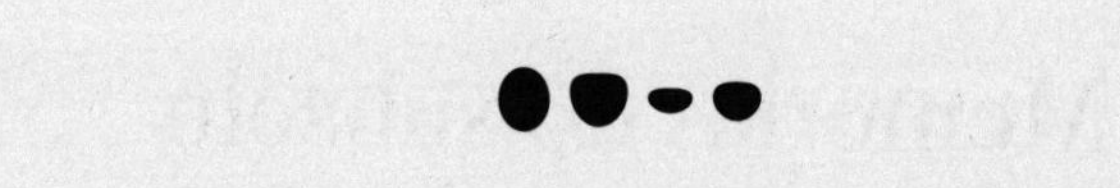

Fiódor Dostoiévski

Memórias do subsolo

tradução e posfácio
Irineu Franco Perpetuo

ensaio
Tzvetan Todorov

todavia

I.
O subsolo*

I.

Sou um homem doente... Sou um homem perverso. Sou um homem nada atraente. Acho que me dói o fígado. Aliás, não entendo patavina da minha doença e não sei de verdade o que é que me dói. Não me trato, nem nunca me tratei, embora respeite a medicina e os doutores. Ademais, sou supersticioso ao extremo; bem, pelo menos o suficiente para respeitar a medicina. (Sou instruído o suficiente para não ser supersticioso, mas sou supersticioso.) Não, senhor, não quero me tratar só de raiva. Isso os senhores provavelmente não vão querer entender. Pois bem, mas eu entendo. Eu, evidentemente, não conseguirei explicar quem estou atormentando, neste caso, com a minha raiva; sei muito bem que não tenho como "prejudicar"

* O autor das memórias e as próprias *Memórias* são, evidentemente, fictícios. Não obstante, pessoas como o responsável por estas memórias não apenas podem como devem existir em nossa sociedade, levando em consideração as circunstâncias gerais de sua formação. Quis apresentar ao público, de modo mais evidente que o habitual, um personagem de uma época não muito distante. Trata-se de um representante de uma geração que ainda existe. Neste trecho, intitulado "O subsolo", o personagem apresenta a si mesmo, sua visão de mundo, e tenta esclarecer os motivos pelos quais surgiu e teve de surgir em nosso meio. No trecho seguinte, já aparecem as "memórias" propriamente ditas do personagem sobre alguns acontecimentos de sua vida. [FIÓDOR DOSTOIÉVSKI]

os médicos com os quais não me trato; sei melhor ainda que, com tudo isso, só prejudico a mim mesmo e ninguém mais. Mas mesmo assim, se eu não me trato, é de raiva. O fígado está doendo, então que doa ainda mais!

Já faz muito tempo que vivo desse jeito: uns vinte anos. Agora estou com quarenta. Antes eu trabalhava, agora não mais. Eu era um funcionário público perverso. Era rude, e encontrava satisfação nisso. Já que eu não recebia propina, essa era minha recompensa. (Piada ruim; mas não vou riscá-la. Escrevi achando que seria muito espirituosa; agora que vi que era só um desejo de exibicionismo torpe é que não apago mesmo, de propósito!) Quando alguém se aproximava da minha mesa pedindo informação, eu rangia os dentes e sentia um deleite extraordinário ao conseguir causar aflição. Quase sempre conseguia. A maior parte era uma gente tímida, como se sabe que são os requerentes. Porém, dentre os almofadinhas, havia um oficial que eu, particularmente, não podia suportar. Não queria se submeter de jeito nenhum, e tilintava o sabre de um jeito nojento. Travei uma guerra de um ano e meio com ele por causa desse sabre. Por fim, venci. Ele parou de tilintá-lo. A propósito, isso sucedeu ainda na minha juventude. Mas os senhores sabem em que consistia o ponto principal da minha raiva? Pois a coisa toda consistia, e era aí que residia a maior torpeza, no fato de eu, a cada instante, na mesma hora da descarga mais forte de bile, reconhecer comigo mesmo, envergonhado, que não apenas não era um homem mau, como nem sequer era exaltado, mas ficava apenas assustando os pardais à toa e me divertindo com isso. Minha boca está espumando, mas basta me trazerem uma boneca qualquer e me darem um chazinho com açúcar que eu provavelmente sossego. Posso até me comover, embora depois possivelmente vá ficar rangendo os dentes e padecendo de insônia durante meses, de vergonha. Esse é o meu hábito.

Menti agora há pouco ao dizer que era um funcionário perverso. Menti de raiva. Só aprontava umas traquinagens com os requerentes e com o oficial mas, na essência, nunca consegui fazer o mal. Reconhecia em mim a cada instante muitíssimos elementos que se opunham a isso. Sentia esses elementos opostos fervilhando dentro de mim. Sabia que eles fervilhavam dentro de mim, a vida toda, pedindo para sair, só que eu nunca permiti que saíssem, e de propósito. Atormentaram-me até a vergonha; levaram-me a ter convulsões e, por fim, fartaram-me, como me fartaram! Por acaso os senhores acham que agora estou me arrependendo, que estou a lhes pedir perdão por algo?... Estou certo de que essa é a vossa impressão... Aliás, asseguro-lhes que, para mim, tanto faz o que os senhores acham...

Não apenas não consegui ser mau, como nada mais: nem mau, nem bom, nem canalha, nem honrado, nem herói, nem inseto. Agora vivo no meu canto, provocando-me com o consolo raivoso e sem serventia alguma de que um homem inteligente não pode se tornar nada de sério, e que só o estúpido vira alguma coisa. Sim, meus senhores, o homem inteligente do século XIX deve e tem a obrigação moral de ser uma criatura preponderantemente sem caráter; uma pessoa de caráter, de ação, é uma criatura preponderantemente limitada. Essa é a minha convicção de quarenta anos. Agora estou com quarenta anos, e quarenta anos é toda uma vida; é a mais provecta velhice. Viver mais do que quarenta anos é indecente, vulgar, imoral! Respondam de forma franca e honrada: quem vive mais do que quarenta anos? Eu lhes digo quem vive: os estúpidos e os patifes. Digo isso na cara de todos os velhos, de todos esses velhos respeitáveis, de todos esses velhos perfumados de cabelo prateado! Digo isso na cara do mundo inteiro! Tenho direito de falar assim porque vou viver até os sessenta. Vou viver até os setenta! Vou viver até os oitenta!... Um minuto! Deixem-me tomar fôlego...

Talvez os senhores pensem que eu quero diverti-los. Também estão enganados a esse respeito. Não sou de jeito nenhum uma pessoa tão alegre quanto pareço, ou como talvez lhes pareça; aliás, caso estejam irritados com toda essa tagarelice (e já estou sentindo que estão se irritando) e inventem de perguntar quem exatamente eu sou, responderei: sou assessor-colegial.[1] Trabalhava para ter o que comer (mas só para isso) e quando, no ano passado, um parente distante legou-me seis mil rublos em testamento, aposentei-me de imediato e me instalei no meu canto. Antes eu morava nesse canto, mas agora me instalei nele. Meu quarto é sujo e asqueroso, na periferia da cidade. Minha criada é uma mulher do campo, velha, malvada por estupidez, e exala sempre um fedor repulsivo. Dizem que o clima de São Petersburgo é nocivo para mim e que, com meus parcos recursos, é muito caro morar aqui. Sei disso tudo, sei melhor do que todos esses sábios e experientes conselheiros e indicadores. Só que vou ficar em São Petersburgo; não vou sair de São Petersburgo... Não saio porque... Ah! Afinal, dá absolutamente na mesma se saio ou deixo de sair.

A propósito: do que uma pessoa direita pode falar com a maior satisfação?

Resposta: de si mesma. Então agora vou falar de mim.

II.

Agora, desejo lhes contar, os senhores queiram ou não queiram escutar, por que não consegui me tornar nem sequer um inseto. Digo-lhes de forma solene que muitas vezes desejei me tornar um inseto. Mas não fui digno nem disso. Juro aos senhores que

1 Oitavo dos catorze graus da tabela de patentes que regulamentava o serviço civil na Rússia até a Revolução de 1917. [Esta e as demais notas chamadas por número são do tradutor.]

ser consciente demais é uma doença, uma verdadeira e completa doença. Para uso cotidiano, seria mais do que suficiente a consciência humana comum, ou seja, a metade, um quarto a menos do que a porção que cabe a uma pessoa deste nosso infeliz século XIX, acima de tudo se teve ela a excepcional infelicidade de habitar São Petersburgo, a cidade mais abstrata e premeditada de todo o globo terrestre. (Há cidades premeditadas e não premeditadas.) Teria sido totalmente suficiente, por exemplo, a consciência com que vivem as assim chamadas pessoas espontâneas e de ação. Aposto que os senhores acham que escrevo tudo isso por gabolice, para zombar das pessoas de ação e que, sempre por gabolice, fico tilintando o sabre de um jeito besta, como meu oficial. Porém, senhores, quem poderia se vangloriar e ainda fazer gabolices com suas próprias doenças?

Aliás, o que é que estou dizendo? Todos fazem isso, vangloriam-se de suas doenças, e talvez eu mais do que todos. Não discutamos; minha objeção é insensata. Porém, mesmo assim estou fortemente convicto de que não apenas ter muita consciência como ter qualquer consciência é uma doença. Insisto nisso. Mas deixemos também isso de lado por um minuto. Digam-me o seguinte: por que, como de propósito, acontecia de, naqueles instantes, sim, naqueles mesmos instantes em que eu estaria mais propício a reconhecer toda a fineza de "tudo que é belo e sublime",[2] como então dizíamos entre nós, ocorria-me de não apenas pensar como cometer feitos

2 De acordo com a edição original russa usada para a tradução (Fiódor Dostoiévski, *Obras reunidas em 15 volumes*. Leningrado: Naúka. Seção de Leningrado, 1989-96), a união dos conceitos de "belo e sublime" remonta a tratados estéticos do século XVIII (por exemplo, "Uma investigação filosófica acerca da origem das nossas ideias do sublime e do belo" (1756), de Edmund Burke; "Observações sobre o sentimento do belo e do sublime" (1764), de Kant; e outros). Depois da revisão da estética da arte "pura" nos anos 1840-60, essa expressão adquiriu matiz irônico.

tão indecorosos que... bem, em suma, que todos talvez cometam, mas os quais, como que de propósito, ocorreram-me exatamente quando eu mais tinha consciência de que não devia cometê-los? Quanto mais eu pensava no bem e em todo esse "belo e sublime", mais fundo afundava no lodo, e mais apto me tornava em me atolar nele por completo. O mais importante, porém, era que nada disso me parecia casual, era como se tivesse de ser assim. Era como se essa fosse minha condição mais normal, e nem de longe uma doença ou uma deterioração, tanto que, por fim, até passou o meu desejo de lutar contra isso. Quase acabei acreditando (ou talvez tenha mesmo acreditado) que talvez essa fosse minha condição normal. Mas de início, bem no começo, quantos tormentos suportei nessa luta! Não acreditava que o mesmo acontecesse com os outros e, por isso, guardei o segredo comigo a vida inteira. Tinha vergonha (e talvez tenha até hoje); cheguei ao ponto de sentir um prazer secreto, anormal, canalha, ao regressar para meu canto em uma noite abjeta de São Petersburgo e admitir com vigor que voltara a cometer uma torpeza, que ela era irreversível e, lá no fundo, em segredo, eu me roía e remoía, me serrava e me chupava até que, por fim, a amargura se convertia em uma doçura infame e maldita e, finalmente, em um prazer resoluto e grave! Sim, um prazer, um prazer! Insisto nisso. Comecei a falar disso porque quero realmente saber: os outros também têm esse tipo de prazer? Explico-me: esse prazer residia exatamente na consciência bastante clara de minha humilhação; de sentir ter chegado ao grau mais baixo; de que era imundo, e não tinha como ser diferente; de que não tinha escapatória, de que jamais seria uma pessoa diferente; de que, ainda que me restasse tempo e fé para me transformar, certamente não desejaria tal transformação; e de que, ainda que a desejasse, nem assim faria alguma coisa, pois talvez não houvesse em que me transformar. Mas o mais importante e o ponto-final aqui é que tudo isso acontece de acordo com as leis normais e fundamentais da consciência reforçada, pela inércia que emana diretamente dessas leis, e, como consequência, você não apenas não se transforma, como não faz simplesmente nada. Resulta, por exemplo, como consequência da consciência reforçada: há razão em ser um canalha, como se fosse um consolo para o canalha sentir que ele é mesmo um canalha. Mas chega... Arre, falei um monte de besteira, mas expliquei o quê?... Como explicar esse prazer? Mas vou explicar! Vou levar até o fim! Peguei a pena para isso... Eu, por exemplo, tenho um amor-próprio terrível. Sou desconfiado e suscetível como um corcunda ou um anão mas, na verdade, ocorreram-me momentos em que, se tivessem me dado uma bofetada, talvez eu tivesse ficado até feliz. Falo sério: eu provavelmente teria conseguido encontrar mesmo nisso algum tipo de prazer, obviamente o prazer do desespero, só que o desespero também tem os prazeres mais ardentes, em especial quando você reconhece com muita força o caráter inescapável de sua posição. Quanto à bofetada, com ela você é esmagado pela consciência da papa a que foi reduzido. O principal é que, por mais que rumine, o resultado é que sempre sou o primeiro dentre os culpados e, ainda mais ultrajante, culpado sem culpa e isso de acordo com as leis da natureza, por assim dizer. Em primeiro lugar, sou culpado por ser mais inteligente do que todos que me rodeiam. (Sempre me achei mais inteligente do que todos que me rodeavam e, às vezes, acreditem, até me envergonhava disso. Pelo menos, passei a vida olhando meio de lado, e jamais consegui olhar as pessoas nos olhos.) Por fim, sou culpado porque, se houvesse em mim magnanimidade, haveria também um tormento maior, devido à consciência de sua total inutilidade. Afinal, eu provavelmente não saberia o que fazer com minha magnanimidade: nem perdoar, já que o ofensor poderia ter me golpeado de acordo com as leis da natureza, e as leis da natureza não podem ser perdoadas; nem esquecer, pois, mesmo que sejam leis da natureza, ainda assim são ofensivas. Por fim, ainda que eu não tivesse vontade alguma de ser magnânimo e, pelo contrário, desejasse me vingar do ofensor, não conseguiria vingança nenhuma, já que provavelmente não me decidiria a fazer nada, mesmo que pudesse. Por que não me decidiria? A respeito disso em particular, quero dizer uma ou duas palavras.

III.

Pois entre as pessoas que sabem se vingar e se defender, de uma maneira geral, como é que as coisas acontecem? Afinal, quando são tomadas, digamos, pelo sentimento de desforra, nessa hora nada mais sobra em seu ser além desse sentimento. Um senhor desses se lança direto contra seu objetivo, como um touro furioso, com os chifres para baixo, e só um muro pode detê-lo. (Aliás: diante de um muro, esse tipo de senhores, ou seja, os homens espontâneos e de ação, se dão francamente por vencidos. Para eles, o muro não é um desvio, como por exemplo para nós, pessoas reflexivas que, em consequência disso, nada fazem; não é um pretexto para dar para trás, um pretexto no qual normalmente não acreditamos, mas que sempre nos deixa muito felizes. Não, eles se dão por vencidos com toda franqueza. Para eles, o muro possui algo de tranquilizador, de moralmente decisivo, talvez até algo de místico... Mas depois falamos do muro.) Pois bem, esse homem espontâneo eu considero o homem verdadeiro e normal, como a terna mãe natureza gostaria de vê-lo, ao engendrá-lo com amor na terra. Invejo esse homem com o máximo da bile. Ele é estúpido, isso não discuto, mas talvez o homem normal tenha de ser estúpido, como saber? Talvez isso seja até muito belo. Fico ainda mais convicto dessa suspeita, digamos assim, quando, por exemplo, tomamos a antítese do homem normal, ou seja, o homem de consciência reforçada, saído, naturalmente, não do seio da natureza, mas de uma retorta (isso já é quase misticismo, senhores, mas suspeito também disso), ou seja, o homem da retorta às vezes se dá tão por vencido diante de sua antítese que ele mesmo, com toda a sua consciência reforçada, considera-se escrupulosamente um camundongo, e não um homem. Talvez um camundongo de consciência reforçada, mas de toda forma um camundongo, enquanto o outro é um homem e, consequentemente... assim por diante. O principal é que ele mesmo se considera um camundongo; ninguém lhe pediu isso; esse é um ponto importante. Contemplemos agora esse camundongo em ação. Suponhamos, por exemplo, que ele também esteja ofendido (e ele quase sempre está ofendido), e também deseje vingança. Nele talvez ainda haja mais raiva acumulada que no *l'homme de la nature et de la vérité*.[3] O desejo vil e abjeto de retribuir o mal ao ofensor talvez o arranhe de forma ainda mais abjeta que a *l'homme de la nature et de la vérité*, pois *l'homme de la nature et de la vérité*, em sua estupidez inata, julga sua desforra como sendo justiça pura e simples; já o camundongo, em consequência de sua consciência reforçada, desmente tal justiça. Chegamos enfim à ação em si, ao ato de desforra. O infeliz camundongo, para além da vileza inicial, conseguiu amontoar ao seu redor, na forma de perguntas e dúvidas, outras tantas vilezas; uma pergunta levou a outras tantas perguntas insolúveis que, sem querer, ao seu redor se acumulou uma lavagem tão funesta, uma sujeira tão fétida, constituída de dúvidas, inquietações e, por fim, de cuspidas das pessoas espontâneas que ficam ao seu redor, solenes, sob a forma de juízes e ditadores, rindo dele a não mais poder, com toda a saúde de suas gargantas. Obviamente, o que lhe resta

3 "O homem da natureza e da verdade", em francês no original. Alusão ao pensador suíço Jean-Jacques Rousseau (1712-78).

é dar adeus a tudo com sua patinha e, com um sorriso de desprezo afetado, no qual nem ele acredita, esgueirar-se envergonhado para sua fenda. Lá, em seu subsolo infame e fétido, nosso camundongo ofendido, batido e ridicularizado mergulha sem demora em uma raiva fria, venenosa e, principalmente, perene. Por quarenta anos seguidos vai recordar essa ofensa nos mínimos e mais vergonhosos pormenores e, além disso, vai acrescentar, por sua conta, pormenores cada vez mais vergonhosos, provocando e irritando a si mesmo, maldosamente, com sua própria fantasia. Vai se envergonhar de sua fantasia mas, mesmo assim, há de recordar tudo, de rever tudo, de imaginar histórias fantásticas sob o pretexto de que também podiam ter acontecido, e nada perdoará. Talvez até comece a se vingar, só que de forma irregular, em miudezas, por debaixo dos panos, incógnito, sem acreditar em seu direito de se vingar, nem no êxito da vingança, e isso sabendo de antemão que todas essas tentativas de desforra o farão sofrer cem vezes mais do que aquele de quem ele se vinga, o qual, por sua vez, talvez não sinta nem sequer uma coceira. No leito de morte, voltará a se lembrar de tudo, com os juros acumulados durante esse tempo todo, e... Mas é exatamente nesse semidesespero frio e asqueroso, nessa semicrença, nesse sepultamento consciente de si mesmo no subsolo, ainda vivo, por pesar, por quarenta anos, nessa consciência reforçada e mesmo assim parcialmente duvidosa do caráter inescapável de sua posição, em todo esse veneno dos desejos insatisfeitos que estão lá dentro, em toda essa febre de hesitações, nas decisões tomadas para todo o sempre e arrependimentos que voltam a aparecer um minuto depois, aí é que reside o sumo daquele estranho prazer ao qual me referi. É tão sutil a ponto de, às vezes, não se dar a conhecer, e as pessoas levemente limitadas, ou simplesmente de nervos fortes, não conseguem entendê-lo nem um pouco. "É possível que também não entendam", os senhores vão acrescentar, com um sorriso largo, "aqueles que nunca levaram uma bofetada", fazendo-me assim notar, com educação, que, em minha vida, eu talvez também tenha levado uma bofetada e, portanto, fale como conhecedor. Aposto que os senhores acham isso. Mas podem se acalmar, senhores, não levei bofetadas, embora para mim dê absolutamente na mesma que essa seja a vossa opinião. É possível que eu até lamente ter distribuído poucas bofetadas na vida. Mas já chega, nenhuma palavra mais a respeito desse tema que lhes interessa de forma extraordinária.

Prossigo com calma, falando das pessoas de nervos fortes que não compreendem um determinado prazer refinado. Esses senhores, em alguns casos, por exemplo, embora mujam como touros a plena voz, e embora isso, digamos, confira-lhes a mais elevada honra, ainda assim, como já disse, diante de uma impossibilidade, sossegam de imediato. Seria a impossibilidade um muro de pedra? Que muro de pedra? Bem, obviamente as leis da natureza, as conclusões das ciências naturais, a matemática. Se, por exemplo, demonstrarem que você veio do macaco, não adianta franzir o cenho, tem que aceitar as coisas como são.[4] Se demonstrarem que, no fundo, uma gotinha da sua gordura deve lhe ser mais cara do que cem mil dos seus semelhantes, e que nesse resultado se resolvem finalmente as assim chamadas virtudes, obrigações e demais maluquices e preconceitos, você tem que aceitar, não há o que fazer a respeito, já que dois e dois é matemática. Tente retrucar.

4 A edição original aponta que o interesse sobre as origens do homem se aguçou no começo de 1864, devido à publicação, em São Petersburgo, de uma tradução russa do livro *Evidências sobre o lugar do homem na natureza*, de Thomas Henry Huxley (1825-95), que, por sua veemência na defesa da teoria da evolução, era conhecido como "o buldogue de Darwin". É possível que a frase de Dostoiévski seja uma alusão a uma polêmica surgida na imprensa da época.

"Perdão", hão de gritar aos senhores, "não dá para se insurgir: dois e dois são quatro! A natureza não lhe pede permissão; ela não tem nada a ver com seus desejos, nem se preocupa se suas leis lhe agradam ou não. O senhor tem a obrigação de aceitá-la como é e, por consequência, todos os seus resultados também. Quer dizer, é um muro, o muro existe... etc. etc." Senhor Deus, o que tenho a ver com as leis da natureza e da aritmética quando, por algum motivo, essas leis e dois e dois não me agradam? Obviamente não vou dar com a testa nesse muro, já que não reúno forças para tanto, mas não vou me resignar só porque existe um muro de pedra e minhas forças não bastaram.

Como se um muro de pedra desses realmente fosse o sossego e realmente encerrasse em si alguma palavra para o mundo, apenas porque dois e dois são quatro. Oh, absurdo dos absurdos! É muito melhor compreender tudo, reconhecer tudo, todas as impossibilidades e muros de pedra; não se resignar diante de nenhuma dessas impossibilidades e muros de pedra, se a resignação lhe causa repulsa; chegar, pelo caminho das combinações lógicas mais inescapáveis, às conclusões mais repulsivas sobre o tema eterno, se é possível ter culpa diante do muro de pedra, embora novamente se faça ver com clareza que não há culpa alguma, e, em consequência disso, rangendo os dentes em silêncio e impotente, paralisar-se com volúpia na inércia, sonhando que não há nem contra quem se irritar; que não há objeto e, talvez, jamais se encontre, que há aí uma fraude, um engodo, uma trapaça, simplesmente uma lavagem — e não se sabe o quê, não se sabe quem, mas, apesar de todo esse desconhecimento e engodo, sente-se dor de verdade e, quanto menos se sabe, maior a dor!

IV.

— Ha-ha-ha! Depois disso, o senhor vai descobrir prazer até em dor de dente! — gritarão os senhores, entre risos.

— Mas e daí? Mesmo na dor de dente há prazer — respondo. — Meus dentes doeram um mês inteiro; sei o que é isso. Claro que esse não é um caso de se irritar em silêncio, mas sim de gemer; só que esses gemidos não são sinceros, são gemidos com malícia, e a coisa toda está nessa malícia. Nesses gemidos também se expressa o prazer do sofredor; se não encontrasse prazer nisso, não se poria a gemer. É um ótimo exemplo, senhores, e vou desenvolvê-lo. Nesses gemidos se exprime, em primeiro lugar, toda a inutilidade da dor, que é humilhante para nossa consciência; toda a legitimidade da natureza, que os senhores obviamente desprezam, mas mesmo assim sofrem por causa dela, enquanto ela não sofre absolutamente. Expressa-se também a consciência de que não existe um inimigo, mas sim a dor, a consciência de que os senhores, com todos os Wagenheim[5] possíveis, são totalmente escravos de seus dentes; de que, se alguém quiser, seus dentes param de doer e, se não quiser, vão ficar doendo por mais três meses; e de que, por fim, se os senhores ainda assim não estiverem de acordo e protestarem de toda forma, terão como único consolo espancar a si mesmos ou bater com o punho no muro da forma mais dolorosa possível, e nada mais. Pois bem, por essas ofensas sangrentas, por essas zombarias por parte de alguém desconhecido é que começa, finalmente, o prazer, que às vezes chega à mais alta voluptuosidade. Peço-lhes, senhores, que apurem alguma vez os ouvidos aos gemidos do homem instruído do século XIX que padece dos dentes, no segundo ou terceiro dia da dor, quando já começa não mais a gemer como no primeiro dia, isto é, não apenas porque os dentes doem; não geme como um mujique rude, mas como um homem tocado

5 De acordo com a edição russa, havia oito dentistas com o nome Wagenheim na lista de endereços de São Petersburgo, em meados da década de 1860, espalhados por toda a cidade.

pelo desenvolvimento e pela civilização europeia, como um homem "que renunciou ao solo e aos princípios populares",[6] como dizem hoje em dia. Tais gemidos se tornam algo abjetos, de uma raiva obscena, prolongando-se por dias e noites inteiros. E ele bem sabe que os gemidos não lhe trazem proveito algum; sabe melhor do que todos que apenas está a dilacerar e irritar os outros inutilmente; sabe que até o público perante o qual sofre e toda sua família ouvem-no com asco, não botam um tostão de fé nele e entendem que ele poderia gemer de outro jeito, mais simples, sem trilos nem floreios, e que está só fazendo manha, por raiva e malícia. Bem, pois é em todos esses atos conscientes e ignomínias que se encerra a voluptuosidade. "Dizem que eu os incomodo, que atormento seu coração, que não deixo ninguém dormir em casa. Então não durmam, sintam a cada instante que meus dentes doem. Agora para vocês não sou o herói que antes quis parecer, mas apenas uma pessoa abjeta, um *chenapan*.[7] Pois que seja! Estou muito feliz por ter sido decifrado. Sentem-se mal ao ouvir meus gemidos canalhas? Pois que se sintam; vou dar mais um trilo nocivo..." Nem agora estão entendendo, senhores? Não, pelo visto é necessário um profundo desenvolvimento e uma profunda consciência para compreender todos os meandros dessa voluptuosidade! Estão rindo? Os senhores me deixam muito contente. Senhores, é claro que minhas piadas são de mau gosto, irregulares, atabalhoadas, não dá para confiar. Mas isso é porque não tenho respeito por mim mesmo. Por acaso uma pessoa consciente pode ter algum respeito por si mesma?

6 Expressão característica das revistas *Tempo* e *Época*, editadas por Dostoiévski. Presente, por exemplo, em anúncios de 1861, 1862 e 1863 de *Tempo*, ou no artigo do escritor "Sobre os novos órgãos literários e novas teorias" (1863), segundo a edição original russa. 7 "Patife", em francês russificado no original.

V.

Mas seria possível, seria mesmo possível uma pessoa que tentou buscar prazer na própria humilhação ter algum respeito por si própria? Não digo isso agora amolecido por algum tipo de arrependimento. Em geral, não poderia suportar dizer: "Perdão, papai, não vou mais fazer", e não por não ser capaz de dizê-lo, mas, pelo contrário, talvez justamente por ser capaz até demais, e como não haveria de ser? Como que de propósito, acontecia-me de fazer isso nos casos em que não tinha nem sombra de culpa. Isso já era muito mais vil. Ao mesmo tempo, voltava a me enternecer de todo o coração, arrependia-me, as lágrimas corriam e é claro que eu ludibriava a mim mesmo, embora não estivesse fingindo de jeito nenhum. Já era o coração aprontando alguma sujeira... Daí não dava para culpar nem as leis da natureza, embora mesmo assim essas leis tenham sido a maior causa de ofensa da minha vida. Faz mal lembrar isso tudo, já naquela época fazia. Afinal, em um minuto já me acontecia de perceber que tudo aquilo era uma mentira, uma mentira afetada, ou seja, todos esses arrependimentos, toda essa comoção, todos esses votos de regeneração. Perguntarão: por que então eu ficava me estropiando e atormentando? Resposta: porque era muito chato ficar sentado de braços cruzados; então me lançava às afetações. Verdade, era isso. Observem melhor a si mesmos, senhores, e compreenderão que é isso. Inventei para mim mesmo umas aventuras e criei uma vida para viver como quer que fosse. Quantas vezes me aconteceu de, bem, por exemplo, ficar ofendido por nada, de propósito; sabia muito bem que estava me ofendendo por nada, ludibriava a mim mesmo, mas a coisa era levada a tal ponto que, no fim, virava verdade, e eu me ofendia de fato. De certa forma, a vida inteira senti essa atração por pregar peças desse tipo, tanto que, no fim, perdi o controle. Outra vez quis me apaixonar com força, até duas vezes. Sofri mesmo, senhores, asseguro-lhes. No fundo do coração não acreditava que estava sofrendo, era uma zombaria, mas sofria assim mesmo, de forma real e autêntica: ficava com ciúmes, saía de mim... E tudo por tédio, senhores, tudo por tédio; a inércia me esmagava. Pois o fruto direto, legítimo, espontâneo da consciência é a inércia, ou seja, ficar sentado conscientemente de braços cruzados. Já mencionei isso acima. Repito, repito e enfatizo: todas as pessoas espontâneas e de ação são assim por serem estúpidas e limitadas. Como explicar? Da seguinte forma: em consequência de sua limitação, essas pessoas tomam as causas mais próximas e secundárias como sendo as principais, assegurando-se, de forma mais rápida e fácil, de que encontraram o fundamento indiscutível de sua ação, e daí ficam tranquilas; isso é o mais importante. Afinal, para começar a agir, antes é preciso estar totalmente tranquilo, para que não reste dúvida alguma. E como eu, por exemplo, me tranquilizo? Onde estão as causas principais nas quais me apoio, onde estão os meus fundamentos? Onde vou buscá-los? Exercito-me no pensamento e, consequentemente, cada causa principal arrasta uma outra, ainda mais principal, e assim por diante, sem fim. Essa é exatamente a essência de toda consciência e pensamento. Talvez sejam de novo as leis da natureza. E qual é o resultado final? Aquele mesmo. Lembrem-se: falei de vingança há pouco. (Os senhores provavelmente não se detiveram muito nesse ponto.) Foi dito: uma pessoa se vinga por ver justiça nisso. Quer dizer que achou a causa principal, achou o fundamento principal: exatamente a justiça. Deve estar tranquila de todos os lados e, em consequência, vinga-se com calma e sucesso, convicta de que comete uma ação honrada e justa. Só que eu não vejo essa justiça, tampouco encontro qualquer virtude, e, em consequência, se resolver me vingar, será só de raiva. Claro que a raiva pode sobrepujar tudo, todas as minhas dúvidas, e talvez tenha sucesso absoluto ao servir de causa principal, exatamente por não ser uma causa. Em consequência dessas malditas leis da consciência, meu rancor volta a ser submetido a uma decomposição química. Você olha e o objeto se evapora, as razões se desfazem, o culpado não é achado, a ofensa não é mais ofensa, mas sim um fado, algo como uma dor de dente, da qual ninguém é culpado, e, em consequência disso, volta a restar aquela mesma saída, ou seja, bater no muro com mais força. Daí você dá um aceno de despedida por não ter encontrado a causa principal. Mas experimente se deixar arrebatar cegamente pelo sentimento, sem raciocinar, sem causa principal, expulsando então a consciência: odiar ou amar, só para não ficar de braços cruzados. No mais tardar depois de amanhã vai começar a se desprezar, por ter ludibriado a si mesmo de forma intencional. O resultado: uma bola de sabão e a inércia. Oh, senhores, é bem possível que eu só me considere uma pessoa inteligente por, em minha vida inteira, não ter conseguido nem começar, nem terminar nada. Que eu seja, que seja um tagarela, um tagarela inofensivo e enfadonho como todos nós. Mas o que fazer, se o destino patente e único de todo homem inteligente é a tagarelice, ou seja, chover intencionalmente no molhado?

VI.

Oh, se eu não fizesse nada só de preguiça. Meu Senhor, como então eu me respeitaria. Eu me respeitaria justamente porque pelo menos a preguiça eu estaria em condições de ter; existiria em mim pelo menos uma característica afirmativa, da qual eu estaria seguro. Pergunta: quem é ele? Resposta: um preguiçoso; seria agradabilíssimo ouvir isso a meu respeito. Quer dizer, uma determinação afirmativa, ou seja, haveria o que se dizer a meu respeito. "Preguiçoso!" — afinal, este é um título e uma nomeação, é uma carreira, senhores. Não caçoem, é, sim. Eu seria então, por direito, membro do primeiro entre os clubes, e minha única ocupação seria a de me respeitar sem cessar.

Conheci um senhor que, a vida inteira, orgulhava-se em ser um perito em vinho Lafite. Considerava isso sua qualidade afirmativa, e jamais duvidava de si. Morreu com a consciência não apenas tranquila, mas triunfante, e tinha absoluta razão. E se eu então escolhesse uma carreira, seria um preguiçoso e um glutão, só que não um simplório, mas sim, por exemplo, um simpatizante de todo o belo e sublime. Que lhes parece? Venho pensando nisso há muito tempo. Esse "belo e sublime" apertou minha nuca com força aos quarenta anos; isso foi aos quarenta anos mas, fosse antes, ah, então teria sido outra coisa! Teria encontrado de imediato a atividade correspondente, justo a de beber à saúde de tudo que é belo e sublime. Eu me agarraria a qualquer ocasião de, primeiro, verter uma lágrima em minha taça e, depois, bebê-la em homenagem a todo esse belo e sublime. Teria então convertido tudo no mundo em belo e sublime; buscaria o belo e o sublime na imundície mais indiscutível e abjeta. Seria lacrimejante como uma esponja molhada. Um pintor, por exemplo, pinta um quadro de Gue. Imediatamente bebo à saúde do artista que pintou o quadro de Gue, pois amo tudo que é belo e sublime. Um autor escreve "como apraz a cada um"; bebo imediatamente à saúde "de cada um", pois amo tudo que é "belo e sublime".[8] Exigiria respeito por isso, perseguiria quem não me

8 De acordo com a edição russa, aqui há um ataque polêmico contra o escritor Mikhail E. Saltykov-Schedrin (1826-89), que escreveu no jornal *O Contemporâneo*, em 1863, um comentário favorável ao quadro *A última ceia*, de Nikolai N. Gue (1831-94). Esse quadro, exibido pela primeira vez na exposição de outono da Academia de Arte de São Petersburgo, naquele mesmo ano, suscitou pontos de vista contraditórios. Posteriormente, Dostoiévski censuraria Gue pela mistura premeditada da realidade "histórica e atual" que, em sua opinião, "resultava falsa, e uma ideia preconcebida, e tudo de falso é uma mentira e já não tem nada de realismo" ("A respeito de uma exposição", in: *Diário de um escritor*, 1873). "Como apraz a cada um" foi um outro artigo de Saltykov-Schedrin publicado anteriormente no mesmo jornal.

demonstrasse respeito. Morreria tranquilo, morreria solene: um encanto, um encanto absoluto. Deixaria crescer então uma tal barriga, armaria um tamanho queixo triplo, fabricaria um tal nariz de sândalo[9] que todo passante diria, ao olhar para mim: "Que máximo! Esse sim é verdadeiro e afirmativo!". Seja como quiserem, é agradabilíssimo ouvir esse tipo de opinião neste nosso século tão negativo, meus senhores.

VII.

Mas tudo isso são sonhos dourados. Oh, digam-me, quem foi o primeiro a afirmar, o primeiro a proclamar, que uma pessoa só faz obscenidades por não conhecer seus reais interesses; e que, se for esclarecida, tiver os olhos abertos para seus interesses reais e normais, imediatamente para de fazer obscenidades e imediatamente começa a ser boa e nobre, pois, uma vez esclarecida e compreendendo seu real proveito, verá que ele consiste na bondade e, sabendo-se que uma pessoa não pode agir contra seu próprio proveito de forma deliberada, por consequência, ela inevitavelmente passaria a fazer o bem? Oh, que bebê! Oh, que criança pura e inocente! Pois quando aconteceu, em primeiro lugar, ao longo de todos esses milênios, de o homem agir apenas em seu próprio proveito? O que fazer com os milhões de fatos que testemunham que as pessoas *de forma deliberada*, ou seja, plenamente conscientes de seus reais proveitos, deixaram-nos em segundo plano e se lançaram em outro caminho, no risco, no acaso, sem serem coagidas por nada nem ninguém, como se apenas não desejassem justamente o caminho indicado e, de forma voluntária e obstinada, passassem a um outro, difícil, disparatado, buscando-o quase nas trevas? Então quer dizer que essa obstinação e esse

9 Como aponta a edição original, "nariz de sândalo" é um nariz de bêbado.

voluntarismo eram mais agradáveis do que qualquer proveito... Proveito! O que é o proveito? Os senhores assumiriam a tarefa de definir de modo completamente preciso no que exatamente consiste o proveito humano? E se acontecer de *alguma vez* o proveito humano não apenas puder, mas até dever consistir exatamente em desejar o mau, e não o vantajoso? E se for assim, se esse caso for apenas admissível, então toda a regra se reduz a pó. O que acham, um caso desses pode acontecer? Estão rindo; riam, meus senhores, mas apenas respondam: o proveito humano pode ser calculado com total exatidão? Não há aqueles que não apenas não se enquadram como não podem se enquadrar em qualquer classificação? Afinal, senhores, até onde sei, toda sua lista de proveitos humanos foi elaborada a partir dos dados das cifras estatísticas e das fórmulas científico-econômicas. Todo seu proveito é prosperidade, riqueza, liberdade, tranquilidade etc. etc.; assim, uma pessoa que fosse, por exemplo, contra toda essa lista de forma clara e deliberada seria, na opinião dos senhores, e claro que até mesmo na minha, um obscurantista ou um louco completo, não seria? Mas vejam o que é espantoso: por que acontece de todos esses estatísticos, sábios e amantes do gênero humano, no cômputo dos proveitos da humanidade, deixarem um proveito de fora o tempo todo? Nem o levam em conta como deveriam, e todo o cálculo depende disso. Não seria um grande problema pegar esse proveito e incluí-lo na lista. Mas o nefasto é que esse sábio proveito não cabe em classificação alguma, não se enquadra em nenhuma lista. Tenho, por exemplo, um amigo... Ei, senhores! Ele também é seu amigo; sim, de quem ele não é amigo? Ao se preparar para a ação, esse senhor imediatamente relata, com eloquência e clareza, como terá que proceder exatamente de acordo com as leis da razão e da verdade. Mais ainda: agitado e apaixonado, vai falar dos interesses humanos reais e normais; com ironia, reprovará a miopia dos estúpidos que não compreendem seu próprio proveito, nem o real significado da virtude; e — dentro de um quarto de hora, sem qualquer pretexto repentino vindo de fora, justamente devido a algo interior que é mais forte do que seus interesses — ele apronta uma das suas, ou seja, vai claramente contra o que estava dizendo; contra as leis da razão, contra o proveito próprio, bem, em suma, contra tudo... Advirto que meu amigo é uma pessoa coletiva e, por isso, é difícil culpá-lo sozinho por algo. Ou seja, não existiria de fato alguma coisa, meus senhores, que seria mais cara a qualquer pessoa do que os melhores desses proveitos, ou (para não quebrar a lógica) um proveito mais proveitoso (exatamente o que deixaram de fora, como acabei de falar), que é mais importante e proveitoso que todos os outros proveitos, e pelo qual a pessoa, caso necessário, estaria pronta para ir contra todas as leis, ou seja, contra a razão, a honra, a tranquilidade, a prosperidade, em suma, contra todas essas coisas maravilhosas e vantajosas apenas para obter esse proveito primordial e mais proveitoso, que lhe é mais caro do que todos?

— Bem, mas mesmo assim é um proveito — os senhores vão me interromper. Perdão, senhores, ainda estou me explicando, não é uma questão de jogo de palavras, mas de que esse proveito é justamente tão notável que destrói todas as nossas classificações e os sistemas elaborados pelos amantes do gênero humano para a felicidade desse mesmo gênero humano, arrebentando-os o tempo todo. Em suma, atrapalha tudo. Mas antes de dizer o nome desse proveito, desejo me comprometer pessoalmente e, por isso, declaro com audácia que todos esses maravilhosos sistemas, todas essas teorias que elucidam à humanidade quais são seus interesses reais e normais para que ela se precipite sem falta para obtê-los, tornando-se de imediato bondosa e nobre, são, entrementes, na minha opinião, mera logística. Sim, senhores, logística! Pois sustentar essa teoria de renovação de todo o gênero humano por meio do sistema do proveito próprio é, para mim, quase o mesmo que... apoiar, por exemplo, de acordo com Buckle, que a civilização suaviza o homem, o qual, como consequência, se torna menos sangrento e menos propício à guerra.[10] Chega-se a isso, ao que parece, pela lógica. Mas o homem é tão apaixonado por sistemas e pela dedução abstrata que está prestes a deformar a verdade de propósito, sem ver nem ouvir nada, só para justificar sua lógica. Por isso tomo esse exemplo bastante convincente. Basta olhar ao redor: o sangue corre aos rios, da forma mais alegre, como champanhe. Vejam nosso século XIX, em que Buckle viveu. Vejam Napoleão — o grande e o atual. Vejam a América do Norte, a união eterna. Vejam, por fim, o caricatural Schleswig-Holstein...[11] O que a civilização suavizou em nós? A civilização só elabora no homem a multiplicidade de sensações e... decididamente nada mais. E através do desenvolvimento dessa multiplicidade, o homem talvez até chegue a encontrar prazer no sangue. Afinal, isso já ocorreu. Os senhores já notaram que os sanguinários mais refinados, aos pés dos quais não chegam Átila ou Stenka Rázin,[12] quase sempre são os cavalheiros mais civilizados, e se chamam menos a atenção do que Átila e Stenka Rázin é justamente porque os encontramos com muito mais frequência, são muito mais comuns, tornaram-se familiares. Pelo menos, se o homem não se tornou mais sanguinário com a civilização, ficou

10 Em *História da civilização na Inglaterra*, obra em dois tomos do historiador e sociólogo inglês Henry Thomas Buckle (1821-62), está expressa a ideia de que o desenvolvimento da civilização leva à interrupção das guerras entre os povos, de acordo com a edição original russa. 11 Referências a Napoleão I, Napoleão III, à Guerra de Secessão dos Estados Unidos (1861-5) e à Guerra de Prússia e Áustria contra a Dinamarca (1864), pela posse de Schleswig-Holstein. 12 Stepan T. Rázin (1630-71) foi o líder de uma rebelião de cossacos na Rússia do século XVII.

provavelmente pior, um sanguinário mais vil do que antes. Antes ele via justiça em ser sanguinário, exterminando quem devia com a consciência tranquila; agora, embora consideremos o derramamento de sangue uma vileza, ocupamo-nos dessa vileza ainda mais do que antes. Quem é pior? Podem decidir. Dizem que Cleópatra (desculpem-me pelo exemplo da história romana) gostava de cravar alfinetes de ouro no peito de suas escravas, encontrando prazer em seus gritos e convulsões. Os senhores dirão que isso foi em uma época relativamente bárbara; que hoje a época também é bárbara, pois (também relativamente) hoje também se cravam alfinetes; que hoje porém o homem aprendeu a ver, às vezes com mais clareza que na época bárbara, mas que ainda está longe de *aprender* a se comportar como é indicado pela razão e pela ciência. Mas mesmo assim os senhores estão completamente certos de que é inevitável que ele aprenda, quando esses velhos e maus hábitos tiverem caído e quando o bom senso e a ciência tiverem educado e orientado plenamente a natureza humana para a normalidade. Os senhores têm certeza de que então o homem vai parar de se enganar *de forma deliberada* e, por assim dizer, não terá vontade de separar sua vontade de seus interesses normais. Ainda mais: os senhores dirão que, daí, a própria ciência ensinará o homem (embora, para mim, isso já seja um luxo), que na verdade ele não tem nem vontade, nem capricho, que nunca os teve, e que ele não é mais do que uma tecla de piano[13] ou um registro de órgão; e que, acima de tudo, ainda há leis da natureza; assim, tudo que ele faz não acontece de acordo com seu desejo, mas por si só, de acordo com as leis da natureza. Consequentemente, basta apenas descobrir essas leis da natureza e

13 Alusão à frase do pensador francês Denis Diderot (1713-84) no "Diálogo entre D'Alembert e Diderot" (1769): "Somos instrumentos dotados de sensibilidade e memória. Nossos sentidos são como teclas tocadas pela natureza que nos envolve e que, frequentemente, se tocam a si mesmas".

o homem já não responderá por sua conduta, e sua vida se tornará excepcionalmente fácil. Todas as condutas humanas vão ser obviamente então calculadas de acordo com essas leis, com a matemática, como uma tábua de logaritmos, até o 108 000, e inscritas em calendários; ou, melhor ainda, aparecerão umas edições bem pensantes, como os atuais dicionários enciclopédicos, nas quais tudo será calculado e designado com tamanha exatidão que não haverá mais ações nem aventuras.

Então — sempre são os senhores a falar — serão estabelecidas novas relações econômicas, tão prontas e também calculadas com precisão matemática que em um instante vão desaparecer todas as questões possíveis, justamente porque haverá todas as respostas possíveis. Então será erigido um palácio de cristal.[14] Então... Bem, em suma, chegará então o pássaro Kagan.[15] Claro que não há como garantir (daí já sou eu falando) que não será, por exemplo, terrivelmente chato (pois o que fazer quando tudo estiver calculado numa tabela), embora tudo seja extraordinariamente sensato! Claro, o que não se inventa por tédio! Afinal, vão enfiar alfinetes de ouro por tédio, mas isso não há de ser nada. O mau (de novo sou eu falando) é que pode ser que as pessoas também se alegrem com os alfinetes de ouro. Pois o homem é estúpido, de uma estupidez fenomenal. Ou seja, talvez não seja completamente estúpido, mas, em compensação, é de uma ingratidão que não se encontra similar. Pois eu, por exemplo, não me espantaria nem um pouco

14 De acordo com a edição russa, aqui é feita uma alusão polêmica ao "Quarto sonho de Vera Pávlovna", do romance *O que fazer?*, de Nikolai G. Tchernychévski. Lá se descreve um palacete "de ferro e cristal" no qual, como também imaginado por Charles Fourier (na *Teoria da unidade universal*), viveriam as pessoas da sociedade socialista. O modelo para esse edifício foi o Palácio de Cristal de Londres, descrito por Dostoiévski em *Notas de inverno sobre impressões de verão*. **15** Pela tradição popular, o pássaro que traz felicidade às pessoas.

se de repente, em meio ao bom senso generalizado do futuro, aparecesse um gentleman com uma fisionomia vil ou, melhor dizendo, retrógrada e ridícula, colocasse as mãos nas ancas e dissesse a todos: pois bem, senhores, vamos acabar com todo esse bom senso de uma vez, com um chute, com o único objetivo de mandar para o diabo todos esses logaritmos e voltar a viver de acordo com nossa estúpida vontade! Isso ainda não seria nada, mas o ultrajante é que ele inevitavelmente teria seguidores: assim é o homem. E tudo isso devido ao mais oco dos motivos, que aparentemente não é digno sequer de menção; justamente que o homem, sempre e por toda parte, seja quem for, gosta de agir como quer, e de jeito nenhum como determinam a razão e o proveito; pode querer ir contra o proveito próprio, e às vezes *deve, de forma deliberada* (já é uma ideia minha). Seu desejo próprio, livre e voluntário, seu próprio capricho, por mais extravagante, sua fantasia, ainda que exasperada até a loucura, é tudo, é aquilo que ficou de fora, o mais proveitoso dos proveitos, que não se enquadra em classificação alguma e devido ao qual todos os sistemas e teorias sempre se espatifam no inferno. E de onde todos esses sábios tiraram que o homem necessita de uma vontade normal e virtuosa? De onde imaginaram impreterivelmente que o homem necessita impreterivelmente de uma vontade proveitosa e virtuosa? O homem só precisa de uma vontade *independente*, custe o que custar e leve a que levar essa independência. O diabo é que sabe o que é essa vontade...

VIII.

— Ha-ha-ha! Mas veja que, como queira, em essência, a vontade também não existe! — Os senhores vão me interromper com uma gargalhada. — A ciência conseguiu fazer uma análise anatômica do homem a tal ponto que agora sabemos que a vontade e o assim chamado livre-arbítrio não são nada além de...

— Perdão, senhores, eu mesmo queria começar assim. Admito que cheguei a me assustar. Estava prestes a bradar que o diabo sabe de que depende e o que é a vontade, e que isso, talvez, seja uma bênção, mas então me lembrei da ciência e... refreei-me. Daí os senhores falaram. Pois, de fato, se descobrirem de verdade alguma fórmula para todas as nossas vontades e nossos caprichos, ou seja, de que dependem, de onde vêm, como exatamente se propagam, para onde se dirigem nesse e naquele caso etc. etc., ou seja, uma autêntica fórmula matemática, daí o homem talvez pare imediatamente de desejar, ou melhor, é bem capaz que pare mesmo. Afinal, quem vai querer ter desejos seguindo uma tabela? Mais ainda: de homem, ele imediatamente vai se converter em um registro de órgão ou algo do gênero, pois o que é um homem sem desejo, sem arbítrio e sem vontade, senão uma alavanca entre os registros de um órgão? Que lhes parece? Calculemos as probabilidades: isso pode ocorrer ou não?

— Hum... — os senhores ficam a se decidir —, nossas vontades se equivocam em grande parte devido à visão equivocada de nossos proveitos. Desejamos às vezes um puro absurdo por ver nesse absurdo, em nossa estupidez, o caminho mais fácil para a obtenção de algum proveito previamente determinado. Porém, quando tudo isso for bem explicado, calculado no papel (o que é muito possível, já que é torpe e insensato crer com antecipação que o homem jamais conhecerá algumas leis da natureza), daí obviamente não existirá o assim chamado desejo. Pois se a vontade alguma vez estiver de perfeito acordo com a razão, daí vamos raciocinar, e não querer, pois não será possível, por exemplo, conservando a razão, *querer* algo insensato e, dessa forma, ir conscientemente contra a razão e desejar algo nocivo contra si... E como todas as vontades e raciocínios realmente poderão ser calculados, já que em algum momento serão descobertas as leis do nosso assim chamado livre-arbítrio, então, sem brincadeira, poderá ser estabelecido algo como uma tabela, de modo que vamos de fato desejar de acordo com ela. Pois se, por exemplo, alguma vez calcularem e me demonstrarem que, se fiz uma figa[16] a alguém, foi exatamente porque não podia deixar de ter feito, e que devia infalivelmente colocar os dedos daquela forma, o que me resta então de *liberdade*, especialmente se eu for instruído e tiver concluído algum curso de ciências? Pois então poderei calcular toda minha vida com trinta anos de antecedência; em suma, se as coisas se arranjarem assim, nada nos restará a fazer; dará tudo na mesma, teremos que aceitar. E, em geral, sem nos cansarmos, teremos que repetir para nós mesmos que impreterivelmente, em dado instante e em dadas circunstâncias, a natureza não nos consulta; que é necessário aceitá-la como é, e não como a fantasiamos, e se nos dirigirmos de fato à tabela e ao calendário e... bem, talvez até a retorta, o que fazer, é preciso aceitar também a retorta! Senão ela se fará aceitar sem vocês... — Sim, senhores, mas para mim aí é que está o embaraço! Senhores, perdoem-me por ter me posto a filosofar; são quarenta anos de subsolo! Permitam-me fantasiar. Vejam: a razão, senhores, é uma coisa boa, isso não se discute, mas a razão é apenas a razão, satisfazendo apenas as faculdades racionais do homem, enquanto a vontade é uma manifestação de toda a vida, ou seja, de toda a vida humana, com a razão e com todas as coceiras. E embora nossa vida, nessa manifestação, amiúde não resulte em nada que preste, mesmo assim é vida, e não apenas extração de uma raiz quadrada. Afinal, eu, por exemplo, de forma absolutamente natural, quero viver para satisfazer todas as minhas faculdades, e não para satisfazer apenas minhas faculdades racionais, ou seja, uma vigésima parte delas. O que a razão sabe? A razão só sabe o que conseguiu

16 Gesto ofensivo na Rússia.

aprender (e algumas coisas, talvez, jamais saiba aprender; embora isso não seja consolo, por que não dizê-lo?), e a natureza humana age em toda sua gama, com tudo que nela existe, consciente e inconsciente, e, mesmo desafinando, vive. Suspeito, senhores, que me contemplem com pena; vão me repetir que um homem instruído e evoluído, como será, em suma, o homem do futuro, não pode desejar conscientemente algo que lhe traz desvantagem, que isso é matemática. Só que eu lhes repito pela centésima vez que há apenas um caso, apenas um, em que a pessoa pode, de forma deliberada e consciente, desejar o que lhe é prejudicial, estúpido, até estupidíssimo, justamente para *ter o direito* de desejar o que é estupidíssimo e não ser obrigada a querer só o que é sábio. Afinal, isso que é estúpido, que é um capricho próprio, é o que pode, na verdade, senhores, ser aquilo que há de mais proveitoso para nós sobre a terra, especialmente em certos casos. E, em particular, pode ser mais proveitoso do que todos os proveitos, mesmo no caso em que nos provoca claros danos, contradizendo as conclusões mais razoáveis de nosso raciocínio a respeito do proveito, já que, de toda forma, conserva o que nos é mais importante e caro, ou seja, nossa personalidade e nossa individualidade. Alguns até afirmam que isso é de fato o que o homem tem de mais caro; claro que a vontade pode, como quiserem, também coincidir com a razão, em especial se não houver abuso, e o uso for moderado; isso é vantajoso e, por vezes, até louvável. Só que, com muita frequência, e até na maior parte das vezes, a vontade está em completo e obstinado desacordo com a razão e... e... e sabiam que isso também é vantajoso e, por vezes, até louvável? Senhores, vamos supor que o homem não é estúpido. (De fato, não há como dizer isso a seu respeito, nem que seja apenas porque, se ele for estúpido, então quem será inteligente?) Mas, se não é estúpido, mesmo assim é de uma ingratidão monstruosa! Uma ingratidão fenomenal. Chego a pensar que a melhor definição do homem é: criatura de duas pernas e ingrata. Mas isso ainda não é tudo; não é seu defeito principal; o principal defeito é a perpétua ingratidão, perpétua, começada no Dilúvio Universal, até o período do Schleswig-Holstein do destino humano. Imoralidade e, consequentemente, imprudência, pois há muito tempo é sabido que a imprudência não vem de outro lugar, senão da imoralidade. Experimentem lançar um olhar à história da humanidade; pois bem, o que veem? Grandiosidade? Que seja, pode ser que haja grandiosidade; pois o Colosso de Rodes, por si só, quer dizer algo! Não é à toa que Anaiévski[17] atesta que uns dizem que ele é obra da mão humana, enquanto outros afirmam que foi construído pela própria natureza. Cores? Talvez haja cores: basta tomar apenas os uniformes de gala, militares e civis, de todos os séculos e todos os povos, isso quer dizer alguma coisa, e os uniformes de serviço também deixam de queixo caído — nenhum historiador resiste. Monotonia? Certo, talvez haja também monotonia: lutas e lutas, luta-se hoje, lutou-se ontem, vai se lutar amanhã; hão de convir que isso é mesmo monótono demais. Em suma, pode-se dizer de tudo da história universal, de tudo que for possível surgir na mais perturbada das imaginações. Só não dá para dizer uma coisa: que há sensatez. Os senhores vão se engasgar na primeira palavra. E tem ainda aquela coisa que se encontra a todo momento: aparecem constantemente na vida pessoas sensatas e de bem, sábios amantes do gênero humano, que colocam como o objetivo de toda a sua vida comportar-se da forma mais bondosa e sensata possível para, por assim dizer, iluminar o próximo

17 Afanássi E. Anaiévski (1788-1866), autor de obras literárias que foram objeto de zombaria constante no jornalismo das décadas 1840-60, escreveu, na brochura *Guia dos curiosos* (1854): “Alguns autores creem que o Colosso de Rodes foi criado por Semíramis, enquanto outros afirmam que não foi erigido por mão humana, mas pela natureza”.

e demonstrar-lhes propriamente que é possível de fato viver de forma boa e sensata. E então? Como se sabe, mais cedo ou mais tarde, no fim da vida, esses amantes se traem, dando margem a anedotas, algumas das quais bastante indecentes. Agora eu lhes pergunto: o que se pode esperar do homem, essa criatura dotada de qualidades tão estranhas? Cubram-no de todos os bens terrestres, afoguem-no totalmente em felicidade, afundem até a cabeça, de modo que só se vejam as bolhas na superfície da felicidade, como acontece dentro da água; deem-lhe uma abundância econômica tal que não lhe reste nada mais a fazer a não ser dormir, comer pão doce e cuidar da continuação da história universal, e daí o homem, por pura ingratidão, por pura pasquinada, vai cometer uma torpeza. Chegará a arriscar o pão doce e desejará propositalmente o absurdo mais nefasto, a insensatez mais antieconômica, apenas para misturar a essa sensatez positiva seu elemento de fantasia nefasta. Quer reter unicamente seus sonhos fantásticos e estupidez vulgar justamente para confirmar para si (já que isso é absolutamente indispensável) que as pessoas são sempre pessoas, e não teclas de piano que as leis da natureza tocam e ameaçam tocar até que não haja nada além do calendário e não se possa desejar nada. E tem mais: mesmo no caso de ele se revelar, de fato, uma tecla de piano, mesmo que isso lhe fosse demonstrado pelas leis naturais e da matemática, nem assim ele criaria juízo, e faria de propósito alguma coisa contra, unicamente por ingratidão; apenas para insistir no que é seu. E no caso de os meios lhe faltarem, inventaria a destruição e o caos, inventaria diversos sofrimentos e insistiria no que é seu! Lançaria uma maldição ao mundo e, como apenas o homem pode amaldiçoar (é seu privilégio, a principal diferença entre ele e os outros animais), talvez apenas com a maldição conseguiria o que é seu, ou seja, assegurar-se de fato de que é um homem, e não uma tecla de piano! Caso os senhores digam que isso também pode ser calculado em uma tabela — o caos, as trevas, a maldição, de modo que a mera possibilidade de cálculo antecipado paralisa tudo, e a razão vence —, neste caso então o homem vai ficar intencionalmente louco, para não ter razão e insistir no que é seu! Creio nisso, respondo por isso, pois toda questão da humanidade, na aparência e na realidade, consiste apenas em que o homem demonstre para si que é um homem, e não um registro! Ainda que seja usando as ancas, mas demonstre; ainda que como um troglodita, mas demonstre. Depois disso, como não pecar, como não louvar o fato de isso ainda não existir e da vontade, entrementes, ainda depender de sabe o diabo o quê...

Os senhores me gritarão (caso ainda me agraciem com seus gritos) que ninguém está me privando de meu arbítrio; que apenas estão cuidando de estabelecer de alguma forma que meu arbítrio, minha própria vontade, coincida com meus interesses normais, com as leis da natureza e da aritmética.

— Ah, senhores, onde está a vontade própria quando a coisa chega a tabelas e aritméticas, quando se está em jogo apenas dois e dois são quatro? Dois e dois serão quatro mesmo sem minha vontade. Como se vontade própria fosse isso!

IX.

Senhores, claro que estou fazendo piada, e sei que minha piada é um fiasco, só que não dá para levar tudo como piada. Pode ser que eu faça piada rangendo os dentes. Senhores, certas questões me atormentam; solucionem-nas para mim. Pois os senhores, por exemplo, desejam desmamar o homem dos velhos hábitos e corrigir seu arbítrio conforme as exigências da ciência e do senso comum. Mas como os senhores sabem que o homem não apenas pode como *deve* ser reformado desse jeito? De onde deduziram que a vontade humana *tem* de ser corrigida de modo tão indispensável? Em suma, como sabem que essa correção de fato trará proveito ao homem? E, se for para dizer tudo, como podem estar certos, e com tamanha *certeza*, de que não ir contra as vantagens reais e normais garantidas pelos argumentos da razão e da aritmética é de fato o que há de mais proveitoso para o homem, consistindo em lei para toda a humanidade? Afinal, isso não é, entrementes, mais do que uma hipótese. Supondo que seja uma lei da lógica, talvez não seja de jeito nenhum da humanidade. Os senhores acham talvez que estou louco? Permitam-me uma ressalva. Concordo: o homem é um animal predominantemente criador, condenado a se lançar de forma consciente a um objetivo e a se ocupar da arte da engenharia, ou seja, eterna e incessantemente construir estradas *para onde quer que seja.* Mas talvez ele tenha vontade de, às vezes, se desviar justamente por estar *condenado* a abrir essa estrada e, mais ainda, por mais estúpido que o homem espontâneo e de ação seja, mesmo assim às vezes vem-lhe à mente que uma estrada quase sempre leva *para algum lugar*, e que o principal não é para onde, mas sim que ela apenas leve, e que uma criança comportada não desdenhe da arte da engenharia e não se entregue ao ócio ruinoso que, como se sabe, é a mãe de todos os vícios. O homem adora criar e abrir estradas, isso é indiscutível. Mas por que também ama tão apaixonadamente a destruição e o caos? Digam-me! A esse respeito, porém, desejo proferir duas palavras em particular. Será que ele não ama tanto a destruição e o caos (pois é indiscutível que às vezes ama muito) por um medo instintivo de alcançar os objetivos e completar o edifício que criou? Como saber, pode ser que ele só goste desse edifício de longe, jamais de perto; pode ser que goste apenas de criá-lo, mas não de habitá-lo, cedendo-o depois *aux animaux domestiques*,[18] como formigas, carneiros etc. etc. Afinal, as formigas são dotadas de um

18 "Aos animais domésticos", em francês no original.

gosto totalmente diverso. Possuem um edifício notável deste gênero, indestrutível para sempre: o formigueiro.

Com o formigueiro, as veneráveis formigas começaram, com o formigueiro provavelmente terminarão, o que confere grande honra à sua perseverança e assertividade. O homem, porém, é uma criatura leviana e desonesta, e talvez, a exemplo do jogador de xadrez, aprecie apenas o processo de obtenção do objetivo, não o objetivo em si. E, quem sabe (não dá para garantir), pode ser que todo objetivo que exista, para o qual a humanidade se precipita, consista apenas nesse processo ininterrupto de obtenção, que, para dizer de outra forma, é a própria vida, e não de fato no objetivo, que, evidentemente, não deve ser diferente de dois e dois são quatro, ou seja, uma fórmula, só que dois e dois são quatro já não é a vida, meus senhores, mas o começo da morte. Pelo menos, o homem sempre temeu de alguma forma esses dois e dois são quatro, como eu agora temo. Suponhamos que o homem só faça buscar esses dois e dois são quatro, atravesse oceanos, sacrifique a vida nessa busca, mas achar, encontrar de verdade, meu Deus, como ele tem medo disso. Pois sente que, assim que encontrar, não haverá mais nada a buscar. Terminado o trabalho, os trabalhadores pelo menos recebem dinheiro, vão ao botequim, depois acabam na delegacia — e aí têm ocupação para uma semana. E o homem, para onde vai? A cada vez nota-se nele pelo menos um certo embaraço ao alcançar tais objetivos. Gosta do processo, mas não gosta nem um pouco de alcançá-los, e claro que isso é terrivelmente ridículo. Em suma, o homem é de constituição cômica; em tudo isso, obviamente, há um trocadilho. Só que dois e dois são quatro é uma coisa de fato insuportável. Dois e dois são quatro é, na minha opinião, mero atrevimento. Dois e dois são quatro lança um olhar de peralta, fica de través no caminho, com a mão na cintura, e cospe. Concordo que dois e dois são quatro é uma coisa magnífica; porém, se for para louvar tudo, então dois e dois são cinco, às vezes, acaba sendo uma coisinha muito graciosa.

E por que os senhores têm essa certeza tão firme e solene de que só o normal e afirmativo, em suma, só a prosperidade traz proveito ao homem? A razão não estaria enganada quanto ao proveito? Afinal, não pode ser que o homem não goste apenas da prosperidade? Não pode ser que ele goste do sofrimento na mesma medida? Não pode ser que ele ache o sofrimento tão proveitoso quanto a prosperidade? O homem, às vezes, tem um amor terrível pelo sofrimento, paixão até, e isso é fato. Nem é preciso recorrer à história universal; perguntem a si mesmos, desde que sejam homens e tenham vivido um pouco. No que tange à minha opinião pessoal, gostar só da prosperidade chega a ser algo indecoroso. Pode ser bom, pode ser mau, só que quebrar algo também é, às vezes, muito agradável. Pois no fundo não sou nem pelo sofrimento, nem pela prosperidade. Sou... por meu capricho, e que ele me seja garantido quando necessário. Sei, por exemplo, que o sofrimento não é permitido nos vaudevilles. No palácio de cristal também é inconcebível: sofrimento é dúvida, é negação, e que palácio de cristal é esse no qual é possível duvidar? Contudo, estou certo de que o homem jamais se recusará ao verdadeiro sofrimento, ou seja, à destruição e ao caos. Afinal, o sofrimento é a única causa da consciência. Apesar de ter afirmado no começo que a consciência, na minha opinião, é a maior desgraça do homem, sei que o homem a ama e não vai trocá-la por satisfação alguma. A consciência, por exemplo, está infinitamente acima de dois e dois. Após dois e dois, obviamente, não sobra nada não apenas a fazer, mas mesmo a conhecer. Tudo que então poderemos fazer é fechar os cinco sentidos e submergir em contemplação. Bem, com a consciência o resultado é idêntico, ou seja, tampouco haverá o que fazer, mas, pelo menos, será possível se chicotear de vez em quando, o que, no fim, dá até uma animada. Embora retrógrado, ainda é melhor do que nada.

X.

Os senhores acreditam no edifício de cristal, indestrutível para sempre, ou seja, ao qual jamais será possível mostrar furtivamente a língua, nem fazer figa com a mão no bolso. Bem, talvez por isso eu tema esse edifício, por ser de cristal, indestrutível para sempre, e porque nem de forma furtiva seja possível lhe mostrar a língua.

Pois vejam: se, em vez de palácio, fosse um galinheiro e começasse a chover, pode ser que eu entrasse ali para não me molhar, mas nem assim a gratidão por ele ter me protegido da chuva me levaria a tomar o galinheiro por um palácio. Os senhores vão rir, chegarão a dizer que, nesse caso, um galinheiro e um palacete são a mesma coisa. Sim, responderei, se tivéssemos que viver só para não nos molharmos.

Que fazer, porém, se eu meti na cabeça que não vivo só para isso e que, se tiver que viver, que seja em um palacete? É a minha vontade, é o meu desejo. Os senhores só vão erradicá-la quando mudarem os meus desejos. Bem, mudem-nos, seduzam-me com outro, deem-me outro ideal. Entrementes, não vou tomar um galinheiro por um palácio. Pode acontecer que o edifício de cristal seja uma lorota, inadmissível pelas leis da natureza, e que eu o tenha imaginado apenas em consequência de minha própria estupidez, em consequência de hábitos estranhos e irracionais de nossa geração. Mas o que tenho a ver com não ser admissível? Não dá na mesma se ele existir em meus desejos ou, melhor dizendo, se existir enquanto existirem meus desejos? Os senhores talvez voltem a rir? Podem rir; aceito todas as troças, mas nem assim vou dizer que estou saciado quando quero comer; sei, mesmo assim, que, por compromisso, não vou sossegar com o zero periódico incessante apenas porque ele existe de acordo com as leis da natureza e existe *de verdade*. Não aceitarei, como coroação de meus desejos, um prédio de aluguel com apartamentos para inquilinos pobres e contratos a mil por ano e, por via das dúvidas, uma placa do dentista Wagenheim. Aniquilem meus desejos, apaguem meus ideais, mostrem-me algo melhor e os seguirei. Os senhores possivelmente dirão que não vale a pena se meter; mas eu, nesse caso, posso responder-lhes da mesma forma. Estamos falando a sério; caso não desejem me agraciar com sua atenção, não vou me humilhar. Tenho o subsolo.

Entrementes sigo vivendo e desejando, e que meus braços sequem se eu carregar um tijolinho que seja desse prédio de aluguel![19] Não reparem no fato de há pouco eu mesmo ter repudiado o edifício de cristal apenas pelo motivo de ser impossível provocá-lo com a língua. Não o disse por gostar tanto de mostrar a língua. Pode ser que tenha me irritado apenas por não ter encontrado até agora nenhum edifício entre os seus ao qual eu não mostraria a língua. Pelo contrário, deixaria me cortarem a língua, por pura gratidão, se as coisas se arranjassem de forma que nunca mais tivesse vontade de mostrá-la. O que tenho a ver se tal arranjo é impossível, e se for preciso se satisfazer com os apartamentos? Por que fui constituído com esses desejos? Será que fui constituído assim para chegar à conclusão de que toda minha constituição é pura balela? Será que todo o objetivo é esse? Não creio. E, a propósito, fiquem sabendo: estou convicto de que essa gente do subsolo precisa ser mantida à rédea curta. Talvez possa ficar quarenta anos calada no subsolo, mas, quando irrompe à luz, sai falando, falando, falando...

19 Segundo a edição original, aqui é feita uma alusão polêmica a uma expressão encontrada nos livros de Victor Considerant (1808-93), socialista utópico francês, discípulo de Fourier: "Carrego minha pedra para o edifício da sociedade futura". Tais palavras, polemizando com os socialistas utópicos, são repetidas por Razumíkhin e Raskólnikov no romance *Crime e castigo* (1866), de Dostoiévski.

XI.

No final das contas, senhores, o melhor é não fazer nada! O melhor é a inércia consciente! Assim, viva o subsolo! Embora eu tenha dito invejar o homem normal até a última bile, nessas condições em que o vejo não gostaria de ser ele (embora mesmo assim não deixe de invejá-lo. Não, não, o subsolo é em todo caso mais proveitoso!). Lá pelo menos é possível... Arre! Olha como estou mentindo! Estou mentindo porque sei, como dois e dois, que o melhor não é o subsolo, mas algo diferente, completamente diferente, algo pelo que anseio, mas que não encontro de jeito nenhum! Para o diabo com o subsolo!

Vejam o que seria ainda melhor: se eu acreditasse em alguma coisa de tudo que escrevi agora. Juro-lhes, senhores, que não acredito em nenhuma, nenhuma das palavrinhas que redigi agora! Ou seja, talvez eu acredite, mas, ao mesmo tempo, não sei por quê, sinto e suspeito estar mentindo como um sapateiro.

— Então por que escreveu isso tudo? — os senhores dirão.

— E se eu deixasse os senhores encerrados por quarenta anos sem qualquer ocupação e os visitasse quarenta anos depois, no subsolo, para saber a que ponto chegaram? Seria possível largar uma pessoa por quarenta anos sozinha, sem fazer nada?

— Isso é uma vergonha, isso é uma humilhação! — os senhores talvez me diriam, balançando a cabeça com desprezo. — O senhor anseia pela vida e resolve as questões vitais com barafundas de lógica. Como são impertinentes, como são insolentes as suas saídas e, ao mesmo tempo, como tem medo! O senhor profere disparates e está satisfeito com eles; o senhor profere insolências, teme-as o tempo todo e fica pedindo desculpas. Assegura que não tem medo de nada e, ao mesmo tempo, bajula nossa opinião. Assegura que range os dentes e, ao mesmo tempo, graceja para nos fazer rir. Sabe que seus gracejos não são espirituosos, mas, pelo visto, está muito satisfeito com sua dignidade literária. Pode ser que tenha sofrido de fato, mas não tem nenhum respeito pelo próprio sofrimento. Há verdade no senhor, porém nenhum pudor; a mais mesquinha vaidade o leva a arrastar essa verdade à exibição, à vergonha, ao mercado... O senhor de fato deseja dizer algo, porém escamoteia por temor à última palavra, pois não possui a firmeza para exprimi-la, apenas o atrevimento covarde. Jacta-se de sua consciência, mas fica vacilando, pois, embora sua inteligência funcione, seu coração é turvado pela depravação, e sem um coração puro não haverá consciência plena e justa. E quanta impertinência há no senhor, como fica insistindo, como faz caretas! Mentira, mentira e mentira!

Obviamente, todas essas palavras dos senhores fui eu mesmo que agora redigi. Isso também é do subsolo. Fiquei lá por quarenta anos seguidos, ouvindo essas palavras por uma pequena fresta. Eu as inventei, pois só havia isso para inventar. Não é de estranhar que as tenha aprendido de cor e assumido forma literária...

Mas será, será que os senhores são mesmo tão crédulos a ponto de imaginar que vou imprimir isso tudo e ainda lhes dar para ler? E eis ainda outro problema: por que, de fato, eu os chamo de "senhores", por que me dirijo aos senhores como se fossem meus leitores de verdade? Esse tipo de confissão que tenciono começar a relatar não se imprime, nem se oferece à leitura alheia. Pelo menos não tenho tamanha firmeza, nem considero necessário ter. Mas vejam: veio-me à mente uma fantasia, que desejo realizar a todo custo. A questão é a seguinte.

Nas lembranças de qualquer pessoa, há coisas que ela não revela a todos, apenas aos amigos. Há outras que não revela nem aos amigos, apenas a si mesma e, ainda assim, em segredo. Mas há, finalmente, aquelas que a pessoa tem medo de revelar até a si mesma, coisas que toda pessoa honrada acumula bastante. Chega a ser assim: quanto mais honrada a pessoa, mais coisas dessas ela possui. Pelo menos, eu mesmo só decidi há pouco tempo recordar algumas de minhas antigas aventuras, que até então havia sempre contornado, até com algum desassossego. Agora que não apenas recordo, como até resolvi anotá-las, desejo colocar à prova: é possível ser completamente franco consigo mesmo e não ter medo da verdade por inteiro? Observo a propósito: Heine afirma que autobiografias verídicas são quase impossíveis, e que a pessoa com certeza mente a seu próprio respeito.[20] Em sua opinião, Rousseau, por exemplo, mentiu de forma constante e premeditada a seu próprio respeito em suas confissões, por vaidade. Tenho certeza de que Heine está certo: lembro muito bem como, às vezes, por pura vaidade, é possível atribuir a si mesmo verdadeiros crimes, e chego a conceber muito bem de que tipo pode ser essa vaidade. Heine, porém, falava de uma pessoa que se confessa em público. Já eu escrevo apenas para mim mesmo, e declaro de uma vez por todas que, se escrevo como se me dirigisse aos leitores, é só por exibição, porque assim é mais fácil escrever. É a forma, apenas a forma vazia, jamais terei leitores. Já declarei isso...

Não desejo ter nenhuma restrição na redação de minhas memórias. Não vou estabelecer nenhuma ordem ou sistema. Vou escrever o que lembrar.

Pois bem, os senhores, por exemplo, podiam me levar ao pé da letra e perguntar: se o senhor de fato não conta com leitores, então por que faz esses acordos consigo mesmo e até põe no papel que não vai estabelecer ordem ou sistema, que vai

20 A edição russa nos lembra que no segundo tomo do livro *Sobre a Alemanha*, publicado na França, nas *Confissões* (1853-4), Heine escreveu: "A redação das próprias características teria sido um trabalho não apenas incômodo, mas simplesmente impossível [...] apesar de todo desejo de ser franco, ninguém consegue dizer a verdade sobre si mesmo". A partir disso, ele afirma que Rousseau, em suas *Confissões*, "faz afirmações mentirosas para esconder sua verdadeira conduta", ou por vaidade.

escrever o que lembrar etc. etc.? A quem está se explicando? Com quem está se desculpando?

— Vejam só — respondo.

Aqui, a propósito, há toda uma psicologia. Talvez eu seja apenas um covarde. E pode ser que eu imagine um público deliberadamente, para me comportar de forma mais decente quando for escrever. Os motivos podem ser milhares.

Mais ainda: para quê, por que exatamente quero escrever? Se não for para o público, por que não posso recordar tudo mentalmente, sem passar para o papel?

Isso mesmo; só que no papel tudo fica um pouco mais solene. Tem algo de mais inspirador, serei mais judicioso e o estilo vai melhorar. Além disso, pode ser que escrever realmente me propicie alívio. Pois agora, por exemplo, aflige-me particularmente uma recordação ridícula. Veio-me à lembrança com clareza há alguns dias e ficou comigo até agora, como um motivo musical enfadonho que não quer ir embora. Contudo, tenho que me livrar dela. Possuo centenas dessas lembranças; de tempos em tempos, porém, uma dessas centenas se separa de alguma forma e me aflige. Por algum motivo creio que, se escrever, ela vai embora. Por que não tentar?

Por fim, estou entediado, e fico constantemente sem fazer nada. Escrever seria de fato como um trabalho. Dizem que o trabalho torna o homem bom e honrado. Eis aqui, pelo menos, uma chance.

Agora temos uma neve quase úmida, amarela, turva. Ontem também nevou, vem nevando há dias. Tenho a impressão de que foi a propósito da neve úmida que me lembrei dessa anedota de que agora desejo me livrar. Pois bem, então será uma novela a propósito da neve úmida.

2.
A propósito da neve úmida[1]

Quando das trevas do erro
Com ardente palavra de persuasão
Retirei a alma caída,
E, plena de profundo tormento,
Amaldiçoaste, torcendo os braços,
O vício que te enredava;
Quando a consciência esquecida
Puniste com a lembrança,
E me narraste o conto
De tudo que houve antes de mim,
E, de repente, tapando o
rosto com as mãos,
Plena de vergonha e horror,
Resultaste em pranto,
Revoltada, comovida...
etc. etc. etc.

De uma poesia de N. A. Nekrássov[2]

I.

Naquele tempo, tinha eu apenas vinte e quatro anos. Minha vida já era então sombria, desregrada e solitária ao ponto da selvageria. Não me dava com ninguém, evitava até falar e cada vez mais me enfurnava em meu canto. No serviço, na chancelaria, até me esforçava para não olhar para ninguém, e notava

1 A edição russa usada para tradução aponta que o crítico e memorialista Pável V. Ánnenkov (1813-87), no artigo "Notas sobre a literatura russa" (1849), já notava que "a chuvinha molhada e a neve úmida" apareciam como elementos infalíveis da paisagem de São Petersburgo nas novelas dos escritores da "escola natural" e seus imitadores. 2 Nikolai A. Nekrássov (1821-78), poeta contemporâneo de Dostoiévski.

muito bem que meus colegas não apenas me consideravam esquisito, como — sempre tive essa impressão — me olhavam com certo asco. Veio-me à mente: por que ninguém, além de mim, tem a impressão de ser fitado com asco? Um dos colegas de chancelaria tinha um rosto repugnante e picado de varíola, e parecia até um bandido. Tenho a impressão de que não conseguiria nem olhar para ninguém se tivesse um rosto tão indecente. Outro tinha um uniforme tão ensebado que chegava até a cheirar mal. Contudo, nenhum desses senhores se perturbava, nem pelo traje, nem pelo rosto, nem pela moral. Nem um nem outro imaginava ser fitado com asco; e, caso imaginasse, não faria diferença, desde que o olhar não partisse da chefia. Agora está completamente claro para mim que, em consequência da minha vaidade irrestrita e, portanto, da minha exigência para comigo mesmo, eu me olhava com muita frequência com uma insatisfação violenta, que chegava ao asco, e, por isso, atribuía mentalmente meu olhar aos outros. Por exemplo, odiava meu rosto, achava-o torpe, chegava a suspeitar que tinha uma expressão vulgar e, por isso, cada vez que aparecia no serviço, esforçava-me penosamente por me manter o mais independente possível, para que não desconfiassem de minha vulgaridade, e meu rosto exprimisse a maior nobreza possível. "Que seja um rosto feio", pensava eu, "mas, em compensação, que seja nobre, expressivo e, principalmente, de uma inteligência *extraordinária*." Só que eu sabia, de forma doída e certa, que meu rosto jamais exprimiria tais qualidades. O mais horrível, porém, é que eu o achava decididamente estúpido. E eu teria me conformado completamente com a inteligência. Teria concordado até mesmo com uma expressão vulgar, desde que, ao mesmo tempo, achassem meu rosto tremendamente inteligente.

Eu odiava todos os meus colegas, é lógico, do primeiro ao último, desprezava todos e, ao mesmo tempo, era como se os temesse. Acontecia que eu de repente até os colocava acima de mim. De repente, isso ocorria comigo: ora desprezava-os, ora colocava-os acima de mim. Uma pessoa evoluída e honesta não pode ser vaidosa sem uma exigência irrestrita para consigo mesma e sem se desprezar, em alguns momentos, a ponto até de se odiar. Porém, desprezando-os ou os colocando acima de mim, eu baixava os olhos em quase todo encontro. Cheguei a fazer experiências, se aguentaria o olhar daquele ali, e sempre era o primeiro a baixar. Isso me atormentava a ponto de me enfurecer. Também tinha um medo doentio de ser ridículo e, por isso, idolatrava servilmente a rotina em tudo que era externo; entregava-me com amor ao caminho trilhado por todos, temendo de todo coração qualquer excentricidade. Mas como poderia resistir? Eu era evoluído de forma doentia, como deve ser evoluído um homem de nosso tempo. Já eles eram todos obtusos e parecidos uns com os outros, como carneiros no rebanho. Pode ser que apenas eu, em toda a chancelaria, me achasse o tempo todo um covarde e um escravo, e o achasse exatamente por ser evoluído. Mas não era só impressão, era isso mesmo: eu era um covarde e um escravo. Digo sem nenhum acanhamento. Todo homem honesto do nosso tempo é e deve ser um covarde e um escravo. Essa é sua condição normal. Estou profundamente convencido disso. Ele foi feito assim e foi construído para isso. E não no presente, devido a circunstâncias casuais, mas em todos os tempos o homem honesto tem que ser um covarde e um escravo. É a lei da natureza para todas as pessoas honestas sobre a terra. Caso lhe ocorra de se fazer de valente perante alguém, que não se alegre nem se arrebate com isso: há de se acovardar perante o outro. Esse é o único e eterno resultado. Só os asnos e seus híbridos são valentes e, mesmo assim, até determinado muro. Não se deve nem prestar atenção neles, pois não querem dizer absolutamente nada.

Uma outra circunstância ainda me atormentava: justamente que ninguém se parecia comigo, e eu não me parecia com ninguém. "Sou sozinho e eles são *todos*", pensava, e caía em melancolia.

Só isso deixa evidente que eu ainda era um completo moleque.

Acontecia também o oposto. Pois, às vezes, tinha repulsa de ir à chancelaria: cheguei ao ponto de muitas vezes voltar do serviço doente. Mas de repente, sem mais nem menos, vinha uma fase de ceticismo e indiferença (sempre tive fases), e eu ria de minha intolerância e aversão, recriminando-me por meu *romantismo*. Ora não queria falar com ninguém, ora chegava não apenas a puxar conversa, como a imaginar fazer amizade. Toda aversão de repente desaparecia num instante, sem mais nem menos. Quem sabe, pode ser que jamais tenha existido, será que era falsa, livresca? Não resolvi essa questão até agora. Certa vez fiquei mesmo amigo deles, passei a frequentar suas casas, jogar *préférence*,[3] tomar vodca, discorrer sobre a indústria... Mas aqui me permitam fazer uma digressão. Nós, russos, de modo geral, nunca tivemos os estúpidos românticos alemães e especialmente franceses, pairando acima das estrelas, sobre os quais nada age; mesmo que a terra rache sob seus pés, mesmo que toda a França pereça nas barricadas, eles continuarão os mesmos, não mudarão nem por decoro, e ficarão o tempo todo cantando suas canções das estrelas, por assim dizer, até o fim da vida, pois são uns imbecis. Na terra russa não há imbecis; isso é sabido; é isso que nos distingue das terras alemãs. Como consequência, naturezas siderais não se encontram entre nós em condição pura. Foram nossos publicistas e críticos "afirmativos" daqueles tempos que, à caça dos

3 Um tipo de jogo de cartas.

Costangioglio e dos tios Piotr Ivánovitch,[4] e tomando-os tolamente por nosso ideal, imaginaram nossos românticos, calculando que seriam eles tão siderais quanto na Alemanha ou na França. Pelo contrário, a característica do nosso romântico está em total e direta oposição ao europeu sideral, e nenhuma medida europeia serve aqui. (Perdoem-me por empregar a palavra "romântico", palavrinha antiga, venerável, emérita e conhecida de todos.) A característica do nosso romântico é tudo compreender, *tudo ver e ver com frequência de forma incomparavelmente mais clara do que as nossas inteligências mais afirmativas*; não se conformar com nada nem com ninguém mas, ao mesmo tempo, não desdenhar nada; tudo contornar, ceder a tudo, ser político com todos; nunca perder de vista o objetivo proveitoso, prático (uns apartamentozinhos do Estado, umas aposentadoriazinhas, umas estrelinhas), contemplar esse objetivo através de todo um entusiasmo e de volumezinhos de versos líricos e, ao mesmo tempo, conservar indestrutível, até o fim da vida, "o belo e o sublime", e conservar a si mesmo por completo, como uma pequena joia em um algodão, ainda que seja, por exemplo, em proveito daquele "belo e sublime". Nosso romântico é uma pessoa ampla e o primeiro velhaco de todos os nossos velhacos, asseguro-lhes... até por experiência. Tudo isso, obviamente, se o romântico for inteligente. Mas o que estou dizendo? O romântico sempre é inteligente, eu apenas quis observar que, embora tenha havido imbecis românticos entre nós, eles não contam somente porque, no desabrochar de suas forças, transfiguraram-se definitivamente em alemães e, para guardar melhor sua pequena joia, instalaram-se

4 O proprietário de terras exemplar Costangioglio aparece no segundo tomo das *Almas mortas* (1851), de Nikolai V. Gógol (1809-52). Piótr Ivánovitch Adúiev, personagem do romance *Uma história comum* (1847), de Ivan A. Gontcharov (1812-91), é a encarnação do pensamento sensato e do empreendedorismo prático.

por lá, a maioria em Weimar ou na Floresta Negra. Eu, por exemplo, desprezava francamente meu emprego, e não cuspia nele só por me ser indispensável, porque estava lá e recebia dinheiro por isso. Como resultado, reparem, eu não cuspia. Nosso romântico antes enlouquece (o que, por sinal, sucede muito raramente), mas não vai cuspir se não tiver outra carreira em vista, não será expulso aos empurrões, talvez seja levado ao manicômio como "rei da Espanha",[5] e mesmo assim só se ficar muito louco. Mas só os frouxos e loiros ficam loucos. Um número incontável de românticos chega, em consequência, a cargos importantes. Uma rara versatilidade! E que capacidade para os sentimentos mais contraditórios! Então eu já me consolava com isso, e continuo da mesma opinião. Por isso temos tantas "naturezas amplas", que não perdem o ideal mesmo após a derradeira queda; ainda que não movam um dedo por esse ideal, ainda que sejam rematados bandidos e ladrões, estimam o ideal original até as lágrimas, com uma honra extraordinária na alma. Sim, senhores, apenas entre nós o mais rematado canalha pode ter a mais completa e elevada honra na alma sem, ao mesmo tempo, em nada deixar de ser um canalha. Repito, é tão comum que nossos românticos, às vezes, saiam tão velhacos (emprego a palavra "velhacos" com amor) no trabalho, demonstrem tamanho faro para a realidade e conhecimento positivo que a chefia estupefata e o público só fazem estalar a língua de pasmo. A versatilidade é realmente de pasmar, e sabe Deus no que ela vai se converter e que forma vai adquirir nas mais recentes circunstâncias, e o que nos pressagia para o futuro. Mas esse material não é nada mau, senhores! Não o digo por uma patriotada ridícula! A propósito, estou certo de que os senhores pensam que estou de brincadeira. Ou, quem

5 O ensandecido Popríschin se acha o rei da Espanha na novela *Diário de um louco* (1835), de Gógol.

sabe, pode ser o contrário, isto é, os senhores estão seguros de que eu penso mesmo assim. Em todo caso, senhores, considerarei ambas as suas opiniões uma honra, com especial satisfação. E perdoem minha digressão.

Obviamente não mantive a amizade com meus camaradas, separei-me rapidamente e, em consequência da inexperiência da juventude, parei até de cumprimentá-los, rompendo com eles. Isso, aliás, aconteceu-me apenas uma vez. Em geral, eu estava sempre só.

Em casa, em primeiro lugar, lia cada vez mais. Tinha vontade de que sensações exteriores abafassem tudo que fervilhava incessantemente dentro de mim. E minha única possibilidade de sensações exteriores era a leitura. Claro que a leitura ajudava muito: emocionava, deleitava, atormentava. Porém, às vezes me dava um tédio terrível. Apesar de tudo, tinha vontade de me movimentar e, de repente, mergulhava no escuro, no subterrâneo, no abjeto: não na perversão, mas na perversãozinha. Minhas paixõezinhas eram agudas, ardentes devido ao caráter sempre doentio de minha irritação. Os arrebatamentos eram histéricos, com lágrimas e convulsões. Além da leitura, não havia para onde ir, ou seja, não havia nada ao meu redor que eu pudesse respeitar e que me atraísse. Ainda por cima, acumulava-se a angústia: surgiu uma sede histérica de contradição, de contraste, e eu me joguei na perversão. Mas não foi, de modo algum, para me justificar que comecei a falar tanto agora... Aliás, não! É mentira! Queria justamente me justificar. Esse lembrete faço agora para mim, senhores. Não quero mentir. Dei minha palavra.

Caía na perversão solitário, à noite, em segredo, temeroso, sujo, com uma vergonha que não me deixava nos instantes mais repugnantes, quando chegava à maldição. Já então eu trazia o subsolo na alma. Tinha um medo terrível de que alguém me visse, encontrasse, reconhecesse. Naquela época, eu frequentava vários lugares bastante tenebrosos.

Certa vez, passando à noite por uma pequena taverna, vi pela janela iluminada uns senhores se atracando com tacos de bilhar, com um deles sendo jogado pela janela. Em outra ocasião, teria sentido muito asco; porém, naquele instante, meu estado era tal que invejei o senhor que fora jogado a ponto de ingressar no bilhar da taverna: "Quem sabe eu entro na briga e também sou jogado pela janela".

Não estava bêbado, mas o que os senhores querem que eu faça, a angústia pode nos deixar tão histéricos! Só que não deu em nada. Revelou-se que eu não conseguia nem pular pela janela, e saí sem brigar.

Ao primeiro passo, um oficial me enquadrou.

Eu estava de pé perto da mesa de bilhar e, por ignorância, bloqueava a passagem; ele me pegou pelos ombros e, em silêncio — sem advertência nem explicação —, mudou-me de lugar e passou por mim como se não me notasse. Eu teria perdoado uma surra, mas não tinha como perdoar ser mudado de lugar sem ser notado de forma tão definitiva.

Sabe o diabo o que eu teria dado então por uma briga de verdade, mais correta, mais decente, mais, por assim dizer, *literária*! Fui tratado como uma mosca. O oficial tinha uns dez *verchóks*[6] de altura; já eu sou baixinho e mirrado. A briga, por sinal, estava em minhas mãos: bastava protestar, e é claro que seria jogado pela janela. Mas mudei de ideia e preferi... escafeder-me, exasperado.

Saí da taverna perturbado e alvoroçado, fui direto para casa e, no dia seguinte, continuei minha perversão mais tímido, retraído e triste do que antes, como se tivesse lágrimas nos olhos, mas continuei assim mesmo. Não achem, aliás, que me intimidei com o oficial por covardia: nunca fui covarde na alma,

6 Antiga medida russa equivalente a 4,45 cm. Tradicionalmente, no século XIX, a altura era medida em *verchóks*, acrescidos sempre de dois *archins* (equivalente a 142 cm). Assim, o oficial teria cerca de 1,86 m.

embora na prática tenha me acovardado ininterruptamente, porém segurem o riso, há uma explicação para isso; tenho explicação para tudo, estejam certos.

Oh, se esse oficial fosse daqueles que concordam em duelar! Só que não, tratava-se justamente de um daqueles senhores (que já desapareceram há tempos, é uma pena!) que preferiam agir com tacos ou, como o tenente Pirogov, de Gógol, com a chefia.[7] Não se batiam em duelo e, com os tipinhos à paisana, achavam que o duelo seria em todo caso indecente e, em geral, consideravam o duelo inconcebível, coisa de livre-pensador, de francês, embora saíssem ofendendo à vontade, especialmente no caso de terem dez *verchóks* de altura. Não me intimidei por covardia, mas por vaidade ilimitada. Não tive medo dos dez *verchóks* de altura, nem de apanhar doído e ser jogado pela janela; minha coragem física era suficiente, de verdade; mas a coragem moral faltou. Tive medo de que todos os presentes — do marcador insolente ao funcionariozinho putrefato e espinhento que circulava por ali com o colarinho engordurado — não entendessem e caíssem na risada quando eu protestasse e me dirigisse a eles em linguagem literária. Pois sobre o ponto de honra, ou seja, não sobre a honra, mas sobre o ponto de honra (*point d'honneur*) não temos até agora outro jeito de falar, senão em linguagem literária. Em linguagem corrente, o "ponto de honra" não se faz compreender. Estava plenamente convicto (um faro para a realidade, apesar de todo o romantismo!) de que todos simplesmente rebentariam de rir, e o oficial não iria simplesmente, ou seja, inofensivamente, me espancar, também não deixaria de me dar joelhadas, fazendo-me rodear dessa forma a mesa de bilhar, e depois talvez me

7 Na novela *Avenida Névski* (1835), de Gógol, depois de ser espancado por um marido ofendido, um artesão alemão, o tenente Pirogov queria se queixar ao general e, ao mesmo tempo, "apresentar uma petição por escrito ao Estado-Maior".

concedesse a graça de me jogar pela janela. Obviamente, para mim, essa mísera história não podia terminar simplesmente assim. Depois disso, encontrei com frequência esse oficial na rua, e prestei bastante atenção nele. Só não sei se ele me reconheceu. Não deve ter reconhecido; concluo por alguns indícios. Mas eu, eu o fitava com ódio e raiva, e assim seguiu... por alguns anos! Minha raiva chegou a se fortalecer e aumentar com os anos. Inicialmente, devagarinho, comecei a me informar a respeito desse oficial. Foi difícil, pois eu não conhecia ninguém. Certa vez, porém, alguém gritou seu sobrenome na rua, quando eu o seguia à distância, como se estivesse atado a ele, e assim fiquei sabendo como se chamava. Outra vez, segui-o até seu apartamento e, por uma moeda de dez copeques, fiquei sabendo pelo zelador onde morava, em que andar, se sozinho ou com mais alguém etc. — em suma, tudo que se pode apurar via zelador. Certa manhã, embora jamais tivesse praticado a literatura, veio-me de repente a ideia de descrever esse oficial de forma acusatória, uma caricatura em uma novela. Escrevi a novela com prazer. Acusei, cheguei a difamar; no início, deformei o sobrenome de modo que fosse possível reconhecê-lo imediatamente mas, depois de uma reflexão madura, troquei e mandei para os *Anais da Pátria*.[8] Só que naquela época as acusações não estavam em moda, e minha novela não foi publicada. Isso me deu muito desgosto. A raiva às vezes simplesmente me sufocava. Por fim, decidi desafiar meu oponente para um duelo. Redigi uma carta maravilhosa e atraente, implorando que se desculpasse comigo; em caso de recusa, eu o desafiava para um duelo com muita firmeza. A carta estava redigida de modo que o oficial, caso entendesse um pouquinho do "belo e sublime", viria então correndo até mim, sem falta, para se atirar no meu pescoço e me propor amizade. E como

8 Revista literária publicada entre 1818 e 1884.

isso teria sido bom! Teríamos vivido tão bem! Tão bem! Ele me defenderia com sua imponência; eu o enobreceria com minha sofisticação e, bem, com... minhas ideias, e muitas outras coisas poderiam acontecer! Imaginem, já haviam se passado dois anos desde sua ofensa, e meu desafio era o mais indecoroso anacronismo, apesar de toda a habilidade de minha carta, que explicava e ocultava o anacronismo. Porém, graças a Deus (até hoje agradeço ao Altíssimo com lágrimas nos olhos), não mandei minha carta. Um arrepio me percorre a pele quando me lembro do que poderia ter sido se tivesse mandado. E de repente... e de repente me vinguei da forma mais simples e mais genial! De repente me ocorreu uma ideia luminosa. Às vezes, nos feriados, eu frequentava a avenida Névski às três horas, passeando pelo lado ensolarado. Quer dizer, não tinha nada de passeio, eu experimentava incontáveis tormentos, humilhações e derrames de bile; mas era disso mesmo que precisava. Esgueirava-me entre os passantes como um dojô, da forma mais feia, o tempo todo dando passagem ora a generais, ora a oficiais de cavalaria e dos hussardos, ora a senhoras; nessa hora, sentia dores convulsivas no coração e um calor na espinha só de imaginar a *misère*[9] de meu terno, a *misère* e a vulgaridade de minha figurinha a se esgueirar. Era o tormento dos tormentos, uma humilhação incessante e insuportável do pensamento, que vinha da sensação incessante e imediata de que eu era uma mosca para todo aquele mundo, uma mosca abjeta e indecente, mais inteligente do que todos, mais evoluída do que todos, mais nobre do que todos, é evidente, mas incessantemente uma mosca que dava passagem a todos, humilhada por todos e ofendida por todos. Para que acumulava esse sofrimento, por que ia até a Névski, não sei, mas simplesmente era *arrastado* para lá a cada oportunidade.

9 "Miséria", em francês russificado no original.

Já então comecei a experimentar aqueles acessos de deleite de que falei no primeiro capítulo. Depois da história com o oficial, comecei a ser atraído para lá com ainda mais força: era na Névski que o encontrava mais, era lá que o admirava. Ele também ia para lá com maior frequência nos feriados. Embora também cedesse passagem aos generais e pessoas importantes, e também serpenteasse entre eles como um dojô, os que eram como eu, ou piores, ele simplesmente esmagava; ia direto para cima deles, como se tivesse espaço aberto diante de si, e não saía do caminho em hipótese alguma. Eu me embriagava de raiva ao contemplá-lo, e... exacerbado, cedia passagem toda vez. Atormentava-me que nem na rua conseguisse estar em pé de igualdade com ele. "Por que você é infalivelmente o primeiro a sair da frente?", eu me importunava, em histeria furiosa, acordando às vezes às duas da manhã. "Por que justo você, e não ele? Afinal isso não é uma lei, não está escrito em lugar nenhum. Que seja igual, como costuma acontecer quando duas pessoas delicadas se encontram: ele se desvia metade, você outra metade, e ambos passam, respeitando-se mutuamente." Mas não era assim, eu acabava dando passagem, e ele nem reparava no meu desvio. Então, uma ideia espantosa de repente me ocorreu. "E se", pensei, "ao encontrá-lo, eu... não ceder passagem? Não ceder passagem de propósito, talvez até chegar a empurrá-lo: ah, como vai ser?" Essa ideia ousada aos poucos se apossou de mim, a ponto de não me dar sossego. Sonhava com isso o tempo todo, de forma terrível, ia mais à Névski, com o propósito de imaginar com maior frequência como faria isso, quando o fizesse. Estava em êxtase. Cada vez mais, tal intento me parecia provável e possível. "Claro que não propriamente empurrar", pensava eu, enternecendo-me antecipadamente de alegria, "mas assim, apenas não dar passagem, dar um esbarrão, não para doer muito, mas ombro a ombro, o quanto o decoro determinar; ou seja, quanto ele bater em mim, tanto eu bato nele." Por fim, estava totalmente decidido. Só que os preparativos tomaram tempo demais. Em primeiro lugar, na hora da execução do plano, eu tinha que estar com o mais decente dos aspectos e cuidar do terno. "Em todo caso, se, por exemplo, virar uma história pública (e o público lá é *superflu*:[10] a condessa passeia, o príncipe D. passeia, toda a literatura passeia), é preciso estar bem trajado; isso é convincente, e nos coloca direto, de alguma forma, em pé de igualdade aos olhos da alta sociedade." Com esse objetivo, pedi um adiantamento e comprei luvas negras e um chapéu decente na loja de Tchúrkin. As luvas negras me pareciam mais sólidas e mais de *bon ton* do que as cor de limão que inicialmente almejara. "É uma cor muito viva, como se a pessoa quisesse chamar muito a atenção", e não levei as cor de limão. Já tinha preparado uma boa camisa, com abotoaduras brancas de osso, havia muito tempo; o capote, porém, me atrasou demais. Meu capote em si não era nada mau, esquentava; mas era de algodão, e o colarinho era de pele de guaxinim, o que o fazia extremamente lacaio. Era preciso a todo custo trocar o colarinho por um de castor, como o dos oficiais. Para isso, pus-me a passear pela Gostíny Dvor[11] e, depois de algumas tentativas, coloquei minha mira em um castor alemão barato. Embora esses castores alemães gastem muito rápido e fiquem com um aspecto miserável, no começo, quando novos, parecem até bastante decentes; e eu só precisava para uma vez. Perguntei o preço: mesmo assim era caro. Depois de um raciocínio ponderado, decidi vender meu colarinho de guaxinim. A quantia restante, que para mim era muito significativa, resolvi pedir emprestada a Anton Antônytch Siétotchkin, meu chefe de seção, um homem

10 Em francês russificado no original. Aqui, a palavra quer dizer "requintado"; o personagem Nozdriov a emprega nesse sentido em *Almas mortas*, de Gógol.
11 Grande e tradicional galeria na avenida Névski.

humilde, porém sério e positivo, que não emprestava dinheiro a ninguém, mas ao qual, ao entrar no emprego, eu fora especialmente recomendado pela pessoa importante que me encaminhara ao serviço. Sofri de forma horrenda. Pedir dinheiro a Anton Antônytch parecia-me uma monstruosidade e uma vergonha. Cheguei a ficar duas, três noites sem dormir e, no geral, dormia pouco, estava febril; meu coração ficava vagamente gelado ou de repente começava a pular, pular, pular!... Anton Antônytch primeiro ficou espantado, depois franziu o cenho, depois refletiu e assim mesmo emprestou o dinheiro, pegando uma autorização por escrito para retirar a quantia devida do meu salário em duas semanas. Dessa forma, tudo estava finalmente pronto; o belo castor subiu ao trono do guaxinim asqueroso, e dei início à ação aos poucos. Não dava para decidir tudo na primeira ocasião, a esmo; era preciso operar com destreza, justamente de modo gradual. Mas admito que, depois de reiteradas tentativas, comecei até a me desesperar: não havia como trombar nele, simplesmente não havia! Por mais que eu me preparasse, por mais que tencionasse — parece que agora mesmo vamos trombar, fico de olho —, novamente eu abria caminho, e ele passava sem reparar em mim. Ao me aproximar dele, cheguei a rezar para que Deus me concedesse a determinação. Certa vez, eu estava plenamente decidido, mas acabou que, quando ele estava ao meu alcance, no derradeiro instante, à distância de uns dois *verchóks*, não tive ânimo. Ele passou por mim com a maior tranquilidade e eu voei para o lado, como uma bola. Nessa noite, voltei a padecer de febre, e delirei. E, de repente, tudo terminou de forma que não poderia ser melhor. Na noite anterior, decidira em definitivo não realizar meu intento nefasto e deixar tudo para trás, e me encaminhei para a Névski pela última vez, com o objetivo de apenas ver como eu deixaria tudo para trás. De repente, a três passos de meu inimigo, decidi-me de forma inesperada, semicerrei os olhos e trombamos com tudo, ombro a ombro! Não me afastei nem um *verchók* e passei por ele, absolutamente de igual para igual! Ele nem olhou, e fez cara de não ter reparado; mas estava só fazendo pose, tenho certeza. Tenho certeza disso até hoje. Obviamente, doeu mais em mim; ele era mais forte, mas a questão não era essa. A questão era que eu alcancei o objetivo, mantive a dignidade, não cedi passagem e me coloquei em público em pé de igualdade com ele, do ponto de vista social. Voltei para casa completamente vingado por tudo. Estava em êxtase. Triunfara, e cantava árias italianas. Obviamente, não vou lhes descrever o que me ocorreu nos três dias seguintes; caso tenham lido meu primeiro capítulo, "O subsolo", adivinharão por si sós. Depois transferiram o oficial para algum lugar; faz catorze anos que não o vejo. O que é feito agora do meu querido? Está esmagando quem?

II.

Minha fase de perversão terminou, porém, e fiquei tremendamente enojado. Veio um arrependimento, que expulsei: o nojo era grande demais. Aos poucos, contudo, acostumei-me a isso também. Eu me acostumava a tudo, ou seja, não exatamente me acostumava, mas como que concordava de bom grado em suportar. Mas eu tinha uma saída para reconciliar tudo, que era refugiar-me em "tudo que é belo e sublime" — em sonho, é claro. Sonhei terrivelmente, sonhei por três meses seguidos, esquecido em meu canto, e, acreditem ou não, nesses momentos não me parecia com aquele senhor que, na desordem de seu coração de galinha, pregara um castor alemão no colarinho de seu capote. De repente, virei herói. Não teria nem sequer aceitado a visita do meu tenente de dez *verchóks* de altura. Então, não conseguia nem imaginá-lo mais. Como eram meus sonhos e como pude me satisfazer com eles, é difícil dizer agora, mas eu então estava satisfeito. A propósito, mesmo agora estou em parte satisfeito com eles. Os sonhos eram especialmente mais suaves e mais intensos depois da perversão, vinham junto do remorso e das lágrimas, da maldição e do êxtase. Havia momentos de um enlevo tão assertivo, de tamanha felicidade, que eu não sentia em meu interior nem a menor zombaria, meu Deus. Havia fé, esperança, amor. É que então eu acreditava cegamente que algum milagre, alguma circunstância exterior, de repente alargaria, ampliaria aquilo tudo; de repente, se apresentaria o horizonte de uma atividade que me caberia, benfazeja, maravilhosa e, o principal, *completamente pronta* (nunca soube exatamente qual, mas o principal era que estivesse completamente pronta), e então eu entraria de repente no mundo de Deus, quase em um cavalo branco, e de coroa de louros. Não podia compreender um papel secundário, e justamente por isso, na realidade, desempenhava com muita tranquilidade o menor deles. Ou herói ou lixo, não havia meio-termo. Foi isso que me arruinou, pois no lixo eu me consolava por ter sido herói em outra época, e o herói encobria o lixo, dizendo: é uma vergonha para um homem comum chafurdar no lixo, mas o herói está alto demais para se sujar; em consequência, pode chafurdar no lixo. É notável que esses acessos de "todo belo e sublime" me ocorressem na hora da perversão, exatamente quando me encontrava bem lá no fundo, em lampejos isolados, como que me lembrando de mim mesmo, sem exterminar, contudo, a perversão com seu surgimento; pelo contrário, era como se tais acessos a avivassem por contraste, e viessem na proporção exata para dar um bom molho. Esse molho consistia em contradição e sofrimento, em torturante análise interna, e todos esses tormentos e tormentozinhos conferiam algo de picante, e até algum sentido, à minha devassidão: em suma, cumpriam por completo a função de um bom molho.

Tudo isso não deixava de ter certa profundidade. Mas poderia eu concordar com uma devassidão simples, vulgar, espontânea, de escrivão, e suportar todo esse lixo? O que nela então poderia me cativar e me fazer sair à noite para a rua? Não, senhores, eu tinha uma escapatória nobre para tudo...

Mas quanto amor, senhores, quanto amor vivenciei nesses meus sonhos, nessa "salvação em tudo que é belo e sublime": ainda que um amor fantástico, ainda que um amor jamais aplicado de fato a nada humano, era tão grande que posteriormente, de fato, não sentia nem necessidade de aplicá-lo: seria um luxo supérfluo. Tudo, aliás, sempre terminava do modo mais próspero, com uma passagem preguiçosa e arrebatada à arte, ou seja, às formas maravilhosas do ser, completamente prontas, em grande parte roubadas de poetas e romancistas e adaptadas a todos os usos e exigências possíveis. Eu, por exemplo, triunfo sobre todos; obviamente, todos são reduzidos a pó e coagidos a reconhecer todas as minhas perfeições, e eu perdoo a todos. Na qualidade de poeta célebre e camarista, apaixono-me; recebo incontáveis milhões e imediatamente os doo à raça humana,[12] confessando de súbito, diante de todo o povo, minhas ignomínias que, obviamente, não são simplesmente ignomínias, encerrando em si uma quantidade extraordinária de "belo e sublime", algo de manfrediano.[13] Todos choram e me beijam (de outra forma seriam uns patetas), e eu vou ensinar novas ideias,

12 Esse sonho do herói do "subsolo" renasceria posteriormente na ideia "rothschildiana" do protagonista do romance *O adolescente*, que também queria, depois de acumular riquezas imensas e se deleitar com o poder, doar milhões às pessoas. **13** Algo de altivo, elevado. Manfred é o herói do poema dramático homônimo de Byron (1817), no qual se viu refletida a filosofia da "dor do mundo".

descalço e faminto, e desbaratar os retrógados em Austerlitz.[14] Depois toca-se uma marcha, é concedida a anistia, o papa concorda em se mudar de Roma para o Brasil;[15] depois um baile para toda a Itália em Villa Borghese, às margens do lago de Como,[16] já que o lago de Como é transferido para Roma com esse propósito; depois uma cena nos arbustos etc. etc., sabiam? Os senhores dirão que é vil e vulgar trazer agora isso tudo a público, depois de tantos enlevos e lágrimas que eu mesmo admiti. Mas por que vil? Por acaso pensam que me envergonho disso tudo, e que tudo isso é mais estúpido do que aconteceu nas vidas dos senhores? Além disso, creiam que não arranjei isso de todo mal... Nem tudo aconteceu no lago de Como. Aliás, os senhores têm razão; de fato, é vil e vulgar. E o mais vil de tudo é que comecei a me justificar perante os senhores. É ainda mais vil ter feito agora essa observação. Mas agora chega, senão não vou acabar nunca: sempre haverá algo mais vil...

Não estava em condições de sonhar por mais do que três meses consecutivos, e comecei a sentir uma necessidade insuperável de me lançar na sociedade. Lançar-me na sociedade,

14 Aqui e adiante, o herói se imagina no papel de Napoleão I. Neste caso, tem em vista a vitória de Napoleão I em Austerlitz, em 2 de dezembro de 1805, contra as tropas russas e austríacas. Os pesquisadores descobriram, também, segundo a edição original russa, ligações entre os sonhos do herói e o romance social-utópico *Viagens a Icária* (1840), de Étienne Cabet (1788-1856). Na utopia de Cabet, o filantropo-reformador também derrota uma coalizão de reis retrógrados na batalha de Austerlitz. **15** De acordo com a nota da edição russa, referência ao conflito entre Napoleão I e o papa Pio VII, no qual o imperador francês foi excomungado em 1809, e o pontífice transformou-se em prisioneiro de fato de Napoleão I por cinco anos. O conflito terminou com o regresso de Pio VII a Roma, em 1814. **16** Tem-se em vista aqui a celebração, em 1806, da fundação do Império Francês, marcada para 15 de agosto, aniversário de Napoleão I. A Villa Borghese, em Roma, criada na primeira metade do século XVIII e adornada por prédios elegantes, fontes e estátuas, pertencia nessa época a Camillo Borghese (1775-1832), com o qual se casou a irmã de Napoleão, Pauline (1780-1825). O lago de Como fica nos Alpes italianos.

para mim, significava visitar meu chefe de seção, Anton Antônytch Siétotchkin. Foi o único conhecido constante de toda minha vida, e agora eu mesmo me espanto com essa circunstância. Mas eu só ia à casa dele quando estava nessa fase em que meus sonhos haviam chegado a tamanha felicidade que era indispensável abraçar sem falta as pessoas e toda a humanidade; para isso, era necessária pelo menos uma pessoa que existisse de fato. Aliás, só se podia aparecer na casa de Anton Antônytch nas terças-feiras (era o seu dia de receber) e, em consequência, eu tinha que adiar minha necessidade de abraçar toda a humanidade até terça. Esse Anton Antônytch morava nas Cinco Esquinas,[17] no quarto andar, e em quatro aposentos, um menor do que o outro, com aparência muito econômica e amarela. Morava com duas filhas e a tia delas, que servia o chá. Das filhas, uma tinha treze, e a outra catorze anos, ambas de nariz arrebitado, e eu sempre ficava terrivelmente embaraçado, pois elas cochichavam entre si e davam risadinhas o tempo todo. O anfitrião normalmente permanecia em seu gabinete, em um sofá de couro, na frente de uma mesa, com algum convidado grisalho, um de nossos funcionários ou até de outro departamento. Nunca vi mais do que dois ou três visitantes, sempre os mesmos. Discorriam a respeito do imposto sobre a bebida alcoólica, sobre as negociações no Senado, sobre os vencimentos, sobre a indústria, sobre Sua Excelência, sobre os meios de agradar, e assim por diante. Eu tinha a paciência de ficar como um bobo perto dessas pessoas, ouvindo-as por umas quatro horas, sem ousar nem saber o que falar. Ficava atoleimado, suava algumas vezes, era acometido de paralisia; mas tudo isso era bom

17 Lugar de São Petersburgo em que se encontravam a avenida Zágorodny, a travessa Tchernychov (atual rua Lomonóssov), a rua Raziézjaia e a rua Tróitskaia (atual rua Rubinstein).

e proveitoso. De volta para casa, adiava por algum tempo meu desejo de abraçar toda a humanidade.

A propósito, eu tinha um outro conhecido, Símonov, ex-colega de escola. Talvez houvesse muitos colegas de escola meus em São Petersburgo, mas eu não me dava com eles, e até parei de cumprimentá-los na rua. Pode ser que tenha ido trabalhar em outro departamento para não estar com eles e romper de vez com toda a minha odiosa infância. Maldita seja aquela escola, aqueles horrendos anos de galés! Em suma, apartei-me dos colegas imediatamente, assim que fiquei livre. Sobravam duas ou três pessoas que eu ainda cumprimentava ao encontrar. Dentre elas estava Símonov, que em nada se distinguia na escola, era tímido e silencioso, mas eu distinguia nele certa independência de caráter, e até mesmo honestidade. Não chego nem a pensar que fosse muito limitado. Passei com ele alguns instantes bastante luminosos, mas duraram pouco e, de alguma forma, cobriram-se de névoas. Pelo visto, ele se incomodava com as lembranças, temendo, aparentemente, que eu voltasse a incorrer no tom de antes. Suspeito que eu lhe causava muita repugnância, mas mesmo assim ia à casa dele, pois não estava realmente seguro disso.

Pois certa quinta-feira, sem suportar a solidão, e sabendo que às quintas a porta de Anton Antônytch estava fechada, lembrei-me de Símonov. Ao subir ao quarto andar, pensava justamente que esse senhor ficava incomodado comigo, e que era inútil visitá-lo. Mas acabou que tais razões, como que de propósito, incitaram-me ainda mais a uma situação ambígua, e eu entrei. Fazia quase um ano que vira Símonov pela última vez.

III.

Encontrei ali mais dois de meus colegas de escola. Pelo visto, falavam de algo importante. À minha chegada, um e outro não prestaram quase nenhuma atenção em mim, dado que não os via havia anos. Era evidente que me consideravam uma coisa qualquer, como a mais ordinária das moscas. Não me tratavam assim nem na escola, embora todos por lá me odiassem. Claro que entendi que deviam me desprezar agora devido ao insucesso de minha carreira profissional, por ter decaído muito, por andar em maus trajes e assim por diante, o que, a seus olhos, constituía a fachada de minha incapacidade e importância diminuta. De qualquer forma, eu não esperava tamanho grau de desprezo. Símonov chegou a se espantar com minha chegada. Mesmo antes, já parecia espantado com minhas visitas. Tudo isso me desconcertou; sentei-me, algo angustiado, e me pus a escutar a conversa deles.

Era uma conversa séria e até intensa a respeito de um jantar de despedida que aqueles senhores queriam organizar, no dia seguinte, para um camarada que estava de partida para uma província longínqua, um oficial chamado Zverkov. *Monsieur* Zverkov fora meu colega durante todo o tempo de escola. Passei a odiá-lo particularmente nas séries mais avançadas. Nas primeiras séries era apenas um menino bonitinho e travesso, de quem todo mundo gostava. Aliás, eu já o odiava nas primeiras séries, exatamente por ser um menino bonitinho e travesso. Sempre fora mau aluno, piorando a cada ano; contudo, conseguiu concluir a escola com êxito, por ter proteção. Em seu último ano de escola, recebeu como herança duzentas almas[18] e, como quase todos nós éramos pobres, passou a fanfarronar. Era vulgar até o último grau, porém um bom sujeito, mesmo quando fanfarronava. Apesar do feitio afetado, fantástico e farsesco de nossa honra e glória, todos, à exceção de muito poucos, tanto mais bajulavam Zverkov quanto mais ele fanfarronava. E não o bajulavam para obter vantagem, mas por ele ser uma pessoa favorecida pelos dons da natureza. Ademais, Zverkov era considerado um especialista nos quesitos destreza e boas

18 O termo "alma" (*duchá*) era comumente usado, na Rússia Imperial, para se referir aos servos camponeses.

maneiras. Isso me deixava especialmente furioso. Odiava o som agudo e autoconfiante de sua voz, a adoração por suas próprias piadas, que eram terrivelmente estúpidas, embora ele tivesse o dom da palavra; odiava seu rosto belo, porém estúpido (pelo qual, aliás, trocaria com gosto o meu, *inteligente*), e seus modos desembaraçados de oficial da década de 1840. Odiava que ele contasse seus futuros sucessos com as mulheres (não se decidira a começar com as mulheres por ainda não possuir dragonas de oficial, pelas quais ansiava com impaciência), e como se bateria em duelo a todo instante. Lembro-me de como, sempre calado, de repente me engalfinhei com Zverkov, certa vez, quando ele, ao falar com os colegas, no recreio, de suas futuras indecências, e brincando por fim como um cachorrinho ao sol, afirmou de repente que nenhuma moça camponesa de sua aldeia seria deixada sem atenção, que isso era *droit de seigneur*,[19] que os mujiques que ousassem protestar seriam todos açoitados, e que dobraria a corveia daqueles canalhas barbudos. Nossos brutamontes aplaudiram, e eu não me engalfinhei por pena das moças e seus pais, mas simplesmente porque aquele escaravelho estava sendo tão aplaudido. Saí então vencedor, mas Zverkov, embora estúpido, era alegre e insolente, e depois saiu rindo, de modo que, em verdade, não venci por completo: o riso ficava do lado dele. Depois ele me venceu algumas vezes, mas sem raiva, como que brincando, de passagem, rindo. Por raiva e desprezo, eu não respondia. Na época da formatura, ele deu um passo em minha direção; não me opus muito, pois aquilo me lisonjeava; mas logo nos afastamos, de forma rápida e natural. Depois ouvi sobre seus êxitos de caserna, de tenente, sobre como ele *farreava*. Depois vieram outros boatos, sobre como tinha *sucesso* no trabalho. Não me cumprimentava mais na rua, e

19 "Direito de senhor", em francês no original. Refere-se ao costume feudal chamado "direito à primeira noite", pelo qual a camponesa de uma propriedade devia passar a primeira noite nupcial com seu senhor.

eu desconfiava que temia se comprometer ao saudar alguém tão insignificante como eu. Também o avistei certa vez no teatro, no terceiro balcão, já de alamares. Cortejava e se arqueava diante das filhas de um vetusto general. Em três anos, decaíra muito, embora ainda fosse bastante belo e hábil, como antes; tinha inchado um pouco, começara a engordar; era evidente que, pelos trinta anos, estaria completamente obeso. Esse era o Zverkov que estava finalmente de partida, e ao qual nossos colegas queriam dar um jantar. Eles mantiveram três anos de relações ininterruptas com o tenente, embora, no fundo, tenho certeza de que não se consideravam em pé de igualdade com ele.

Dos dois visitantes de Símonov, um era Fierfítchkin, russo de sangue alemão, de baixa estatura, cara de macaco, um estúpido que era o riso de todos, meu pior inimigo desde as primeiras séries, um fanfarrãozinho vulgar e insolente, que afetava o mais melindroso amor-próprio, embora, obviamente, fosse no fundo um covarde. Estava entre os admiradores de Zverkov que o bajulavam às claras e viviam tomando dinheiro emprestado dele. O outro visitante de Símonov, Trudoliúbov, era uma pessoa que não se destacava em nada, um militar alto, de fisionomia fria, bastante honrado, porém que se curvava a qualquer sucesso, e que só sabia raciocinar em termos de promoção. Era uma espécie de parente distante de Zverkov, e isso, por mais tolo que seja dizer, conferia-lhe alguma importância entre nós. Sempre me considerou insignificante; tratava-me, embora não exatamente com cortesia, de forma suportável.

— Pois bem, se forem sete por cabeça — disse Trudoliúbov —, como estamos em três, saem vinte e um rublos; dá para jantar bem. Claro que Zverkov não paga.

— É evidente, já que o estamos convidando — decidiu Símonov.

— Por acaso vocês acham — interveio Fierfítchkin, arrogante e impetuoso, como um lacaio a se jactar das estrelas de seu patrão general —, por acaso vocês acham que Zverkov vai nos deixar pagar sozinhos? Vai aceitar por delicadeza, mas vai pedir uma *meia dúzia* por conta própria.

— Bem, o que nós quatro vamos fazer com meia dúzia? — observou Trudoliúbov, prestando atenção apenas na meia dúzia.

— Certo, somos três, com Zverkov quatro, vinte e um rublos no Hôtel de Paris, amanhã, às cinco horas — concluiu, por fim, Símonov, que fora escolhido como o responsável.

— Como assim vinte e um? — eu disse, com algum nervosismo e até, pelo visto, ofendido. — Se me contarem, não serão vinte e um, mas vinte e oito rublos.

Tive a impressão de que me convidar de forma tão súbita e inesperada seria até muito belo, de que todos ficariam imediatamente vencidos, e me olhariam com respeito.

— Então o senhor também quer ir? — observou Símonov, com insatisfação, como que evitando me olhar. Ele me conhecia muito bem.

Enfurecia-me que ele me conhecesse tão bem.

— Por que não, senhores? Afinal, ao que parece, também sou um colega, e admito que fiquei até ofendido por ter sido excluído — voltei a borbulhar.

— E onde deveríamos buscá-lo? — interveio Fierfítchkin, rude.

— O senhor nunca se deu bem com Zverkov — acrescentou Trudoliúbov, franzindo o cenho. Só que eu já havia me aferrado e não ia largar.

— Parece-me que isso ninguém tem o direito de julgar — retruquei, com a voz trêmula, como se tivesse acontecido sabe Deus o quê. — Talvez eu queira ir agora justamente porque antes não me dava bem.

— Bem, quem poderá entendê-lo... essas coisas elevadas... — riu-se Trudoliúbov.

— Será incluído — decidiu Símonov, dirigindo-se a mim. — Amanhã, às cinco horas, no Hôtel de Paris; não se engane.

— O dinheiro! — quis começar Fierfítchkin, a meia-voz, apontando-me para Símonov, mas se interrompeu, pois até Símonov ficou embaraçado.

— Chega — disse Trudoliúbov, levantando-se. — Se ele está com tanta vontade, que venha.

— É que temos nosso próprio círculo de amigos — irritou-se Fierfítchkin, também pegando o chapéu. — Não é uma reunião oficial. Pode ser que nem desejemos sua presença...

Saíram; ao partir, Fierfítchkin, não me fez nenhum sinal de despedida, Trudoliúbov mal acenou, sem olhar. Símonov, com o qual fiquei frente a frente, quedava-se numa perplexidade vexada, e me fitava com estranheza. Não se sentou, nem me convidou a fazê-lo.

— Hum... sim... então é amanhã. Vai dar o dinheiro agora? É para saber com certeza — balbuciou, embaraçado.

Corei e, ao fazê-lo, lembrei-me de que, em tempos imemoriais, devera quinze rublos a Símonov, que, aliás, jamais esquecera, e que eu jamais pagara.

— Convenha, Símonov, que eu não podia saber que, ao vir para cá... muito me desagrada ter esquecido...

— Tudo bem, tudo bem, dá na mesma. Pague amanhã ao jantar. Era só para saber... O senhor, por favor...

Interrompeu-se e passou a andar pelo cômodo com ainda mais enfado. Ao caminhar, apoiava-se nos saltos e os batia com força no chão.

— Eu o estou retardando? — perguntei, após dois minutos de silêncio.

— Oh, não! — agitou-se ele subitamente. — Isto é, na verdade, está. Veja, ainda preciso ir... Não é longe... — acrescentou, com voz de desculpa e, em parte, envergonhado.

— Ah, meu Deus! Por que não me dis-se? — gritei, pegando o boné, com um ar surpreendentemente desenvolto, que sabe Deus de onde veio.

— Mas não fica longe... A dois passos daqui... — repetiu Símonov, levando-me à antessala com um ar de azáfama que não combinava, de modo algum, com ele. — Então amanhã, às cinco horas em ponto! — gritou-me, na escada: estava muito satisfeito com minha partida. Já eu estava furioso.

— Afinal, por que diabos, por que diabos fui me meter? — rangia os dentes, ao caminhar pela rua. — E por causa daquele canalha, por causa daquele leitão do Zverkov! Obviamente que não preciso ir; obviamente tenho que cuspir; sou obrigado ou o quê? Amanhã mesmo aviso Símonov pelo correio municipal...

Mas eu me enfurecia por saber que iria com certeza; que iria de caso pensado; e quanto mais inconveniente e indecorosa fosse minha presença, mais rápido eu iria.

Havia até um obstáculo determinante à minha ida: não tinha dinheiro. Ao todo, tinha nove rublos. Porém, no dia seguinte, como ordenado mensal, tinha que dar sete a Apollon, meu criado, que morava em minha casa por essa quantia, comendo por conta própria.

Não pagar era impossível, a julgar pelo caráter de Apollon. Mas a respeito desse canalha, dessa minha chaga, falarei em algum momento posterior.

Contudo, eu sabia bem que assim mesmo não pagaria, e iria sem falta.

Nessa noite, tive o mais hediondo dos sonhos. Não é de estranhar: era esmagado o tempo todo por lembranças de meus anos de galé da vida escolar, dos quais não consegui me liberar. Foram uns parentes distantes dos quais eu dependia que me enfiaram naquela escola, e dos quais, desde então, jamais tive notícia, como um órfão, já amedrontado pelas broncas, já meditabundo, taciturno e olhando assustado para tudo ao redor. Os colegas me receberam com animosidade e zombarias impiedosas, por eu não me parecer com nenhum deles. Mas eu não podia suportar a zombaria; não podia me acostumar tão fácil, como eles se acostumavam uns com os outros. Odiei-os de imediato, encerrando-me em um orgulho assustado, ferido e desmedido. Sua grosseria me revoltava. Riam com cinismo da minha cara, da minha figura desajeitada; contudo, como suas próprias caras eram estúpidas! Na nossa escola, as expressões dos rostos degeneraram em especial estupidez. Quantas crianças maravilhosas ingressavam nela. Depois de alguns anos, tornava-se repugnante encará-las. Ainda aos dezesseis anos, contemplava-as sombrio; já naquela época, espantava-me com a miudeza de sua mentalidade, a estupidez de suas ocupações, jogos, conversas. Não entendiam tantas coisas indispensáveis, não se interessavam por temas tão inspiradores e surpreendentes que a contragosto passei a considerá-los inferiores a mim. Não era a vaidade ultrajada que me levava a isso e, pelo amor de Deus, não me venham com aquelas objeções estereotipadas que me dão náusea: "que eu apenas sonhava, enquanto eles já entendiam a realidade da vida". Eles não entendiam nada, nenhuma realidade da vida, e juro que isso era o que mais me revoltava neles. Pelo contrário, a realidade mais evidente, que saltava aos olhos, eles apreendiam com uma estupidez fantástica, e já então estavam habituados a se curvar apenas ao êxito. Riam com crueldade e desprezo de tudo que era justo, porém humilhado e oprimido. Tomavam cargo por inteligência; aos dezesseis anos já discorriam sobre sinecuras. Claro que muito ali vinha da estupidez, dos maus exemplos que os haviam rodeado na infância e na adolescência. Eram depravados até a monstruosidade. Obviamente, aí também há muita influência externa, muito cinismo afetado; obviamente, a juventude e algum frescor cintilavam neles mesmo por detrás da depravação; mas mesmo o frescor era neles nada atraente, e se manifestava como uma certa perversão. Eu os odiava terrivelmente, embora talvez fosse pior do que eles. Pagavam-me na mesma moeda, sem ocultar a repulsa por mim. Porém, eu não desejava mais o seu amor; pelo contrário, ansiava o tempo todo por sua humilhação. Para me livrar das zombarias, comecei deliberadamente a estudar o melhor possível, chegando a ficar entre os primeiros. Isso os deixou impressionados. Ademais, todos começaram a compreender aos poucos que eu lia livros que eles não conseguiam ler e entendia coisas (que não entravam no conteúdo de nosso curso especial) das quais nem tinham ouvido falar. Encaravam isso tudo com ferocidade e zombaria, mas se submetiam moralmente, ainda mais que até os professores prestavam atenção em mim por causa disso. As zombarias se interromperam, mas a hostilidade permaneceu, estabelecendo-se relações frias e tensas. Por fim, eu mesmo não aguentei: com os anos, desenvolveu-se uma necessidade de gente, de amigos. Tentei começar a me aproximar deles; mas essa aproximação sempre saía artificial, e terminava por si mesma. Certa vez, tive de alguma forma um amigo. Só que eu era um déspota de todo o coração; queria ter um domínio desmedido de sua alma; queria suscitar nele desprezo por todos que o rodeavam; exigia-lhe um rompimento altivo e definitivo com esse meio. Assustei-o com minha amizade apaixonada; levei-o às lágrimas, ao suor; era ingênuo e entregou a alma; porém, quando se entregou de todo, odiei-o imediatamente, afastando-o de mim, como se precisasse dele apenas para derrotá-lo, apenas para submetê-lo. Mas eu não podia ganhar de todos; meu amigo também não se parecia com nenhum deles, constituindo a mais rara exceção. Ao sair da escola, a primeira coisa que fiz foi deixar o emprego especial ao qual fora designado, para romper todas as ligações, amaldiçoar o passado e cobri-lo de pó... Sabe o diabo por que depois disso eu fui me arrastar até aquele Símonov!...

De manhã, pulei cedo da cama, dando um salto nervoso, como se tudo fosse começar a acontecer naquele instante. Eu acreditava, porém, que aconteceria, e seria infalivelmente naquele dia, uma reviravolta radical na minha vida. Por falta de hábito, sei lá, durante toda a minha vida, a qualquer acontecimento externo, por menor que fosse, sempre tive a impressão de que naquele dia aconteceria uma reviravolta radical. Aliás, fui para o serviço como de hábito, mas escapei para casa duas horas mais cedo, para me preparar. O principal, pensava, é não ser o primeiro a chegar, senão vão achar que fiquei muito alegre. Só que as coisas principais desse gênero eram milhares, e me alvoroçavam até a exaustão. Limpei minhas botas mais uma vez, eu mesmo; Apollon não as limparia duas vezes no dia por nada no mundo, achando que aquilo era falta de ordem. Limpei-as depois de roubar a escova da antessala, para que ele não reparasse e não passasse, depois, a me desprezar. Em seguida, examinei detalhadamente meu traje e achei que tudo era velho, surrado, gasto. Tinha me desleixado muito. O uniforme talvez estivesse em ordem, mas não dava para sair para jantar de uniforme. O principal era que nas calças havia uma enorme mancha amarela, na altura do joelho. Eu pressentia que só essa mancha já tiraria nove décimos da minha dignidade. Também sabia que era bem baixo pensar assim. "Mas agora não é para pensar; chegou a hora da realidade", pensava eu e perdia o alento. Sabia também muito bem, mesmo então, que estava exagerando monstruosamente tais fatos; mas o que fazer: não conseguia mais me controlar, e tremia de febre. Imaginava com desespero com que superioridade e frieza aquele "canalha" do Zverkov me encontraria; com que desprezo obtuso e insuperável o imbecil do Trudoliúbov me encararia; que riso mau e insolente o escaravelho do Fierfítchkin me reservaria, para ser servil a Zverkov; com que perfeição Símonov entenderia tudo, e como me desprezaria pela baixeza de minha vaidade e minha pusilanimidade; e, principalmente, como tudo seria mísero, não *literário*, ultrajante. Claro que o melhor de tudo seria não ir. Mas isso era o mais impossível de tudo: quando uma coisa começa a me puxar, eu me enfio por inteiro, de cabeça. Depois, passaria a vida inteira me provocando: "E aí, acovardou-se, acovardou-se diante da *realidade*, acovardou-se!". Pelo contrário, tinha um desejo apaixonado de mostrar a toda aquela "corja" que não era o covarde que eu mesmo imaginava. E ainda: no mais alto paroxismo da febre de covardia, sonhava em superá-los, triunfar, arrebatar, obrigá-los a me amar, nem que fosse "pela elevação das ideias e pela indiscutível originalidade". Eles largariam Zverkov, que ficaria sentado à parte, calado e envergonhado, enquanto eu o esmagaria. Depois talvez fizesse as pazes com ele, bebesse e o tratasse por *você*, mas o pior e mais ofensivo para mim é que já então eu sabia com absoluta certeza que, em essência, não precisava de nada daquilo, não desejava de jeito nenhum esmagá-los, submetê-los, atraí-los, e que eu seria o primeiro a não dar um tostão por aquele resultado, caso o atingisse. Oh, como rezei a Deus para que aquele dia passasse rápido. Em uma angústia inexprimível, eu ia até a janela, abria o postigo e observava a bruma turva da neve úmida a cair, espessa...

Finalmente, meu vetusto relógio de parede assobiou as cinco. Peguei o chapéu e, tentando não olhar para Apollon — que desde de manhã esperava que eu lhe entregasse o ordenado, mas, por orgulho, não queria ser o primeiro a falar —, deslizei por ele e pela porta e, com uma carruagem de luxo, que alugara para isso com a última moeda de cinquenta copeques, cheguei como um nobre ao Hôtel de Paris.

IV.

Já na véspera eu sabia que seria o primeiro a chegar. Mas não se tratava mais de uma questão de primazia.

Não apenas não havia nenhum deles, como quase não achei o nosso reservado. A mesa ainda não estava posta. O que aquilo queria dizer? Depois de muitas indagações, finalmente fiquei sabendo pelo garçom que o jantar estava encomendado para as seis horas, e não para as cinco. Confirmei isso também no bufê. Dava até vergonha perguntar. Ainda eram apenas cinco e vinte e cinco. Se tinham mudado a hora, em todo caso deviam me informar; o correio municipal era para isso, em vez de me sujeitar à desonra perante mim mesmo e... até perante os garçons. Sentei-me; o garçom começou a pôr a mesa; em sua presença, o ultraje era ainda maior. Pelas seis horas, além das lâmpadas acesas, levaram velas ao aposento. O garçom, porém, nem havia pensado em levá-las quando cheguei. No cômodo vizinho jantavam, em mesas separadas, dois clientes sombrios, taciturnos e de ar zangado. Um dos reservados distantes era muito barulhento; chegavam a gritar; ouviam-se as gargalhadas de um bando de gente; ouviam-se uns guinchos indecorosos em francês; era um jantar com damas. Em suma, algo muito asqueroso. Raramente passei momentos mais desagradáveis, de modo que, quando eles, às seis em ponto, apareceram todos de uma vez, eu, ao primeiro instante, alegrei-me como se fossem libertadores, e quase esqueci que devia demonstrar estar ofendido.

Zverkov entrou na frente de todos, evidentemente no comando. Ria, e com ele riam todos; porém, ao me avistar, Zverkov se aprumou, caminhando pausadamente, encolhendo um pouco a cintura, algo sedutor, e me deu a mão, afável mas não muito, com uma polidez cautelosa, quase de general, como se, ao dar a mão, se defendesse de algo. Eu imaginava, pelo contrário, que, logo ao entrar, ele soltaria sua gargalhada de antes, fininha e esganiçada, e que, às primeiras palavras, começariam suas piadas e tiradas sem graça. Eu me preparara para isso desde a véspera, mas não esperava de jeito nenhum tamanha arrogância, um cumprimento tão altivo. Será que agora ele se considerava acima de mim de modo tão incomensurável, com relação a tudo? Se ele apenas quisesse me ofender com essa pose de general, então eu achava que tudo bem; cuspiria naquilo de alguma forma. Mas e se ele realmente não tivesse nenhum desejo de ofender e, em seu crânio de carneiro, tivesse penetrado a sério a ideiazinha de que estava acima de mim de modo incomensurável, e não podia olhar para mim com ar que não fosse protetor? Essa mera suposição já me fazia arquejar.

— Fiquei sabendo com surpresa do seu desejo de participar — começou, ciciando, sussurrando e arrastando a voz, coisa que não fazia antes. — Nunca mais nos encontramos. O senhor nos evitava. Sem razão. Não somos tão terríveis como o senhor pensa. Pois bem, em todo caso, estou feliz em re-co-me-çar...

E se virou, negligente, para pendurar o chapéu na janela.

— Está esperando há muito tempo? — perguntou Trudoliúbov.

— Cheguei às cinco em ponto, como foi combinado ontem — respondi, em voz alta e zangada, que prometia para logo uma explosão.

— Mas você não o informou da mudança de horário? — Trudoliúbov voltou-se para Símonov.

— Não. Esqueci — respondeu ele, desprovido de qualquer arrependimento, e, sem se desculpar comigo, foi pedir uns petiscos.

— Então o senhor está aqui há uma hora, ah, coitado! — gritou Zverkov, zombeteiro, já que no seu entendimento, isso devia ser de fato terrivelmente engraçado. Atrás dele, com voz canalhinha e sonora, de cachorro, o pulha do Fierfítchkin caiu na gargalhada. Também achava minha situação muito engraçada e embaraçosa.

— Não tem nenhuma graça! — gritei para Fierfítchkin, ficando cada vez mais zangado. — Os culpados são os outros, não eu. Não fizeram caso de me avisar. Isso, isso, isso... é simplesmente absurdo.

— Não só absurdo, mas ainda outra coisa — resmungou Trudoliúbov, defendendo-me, ingênuo. — O senhor é brando demais. Claro que não foi de propósito. E como é que Símonov... hum!

— Se me aprontassem uma dessas — notou Fierfítchkin —, eu...

— Mandaria que me servissem alguma coisa — interrompeu Zverkov —, ou simplesmente pediria o jantar, sem esperar.

— Convenham que poderia ter feito isso sem pedir licença — atalhei. — Se esperei, então...

— Sentemo-nos, senhores — gritou Símonov, retornando —, está tudo pronto; respondo pelo champanhe, está estupidamente gelado... Como não conheço o seu apartamento, onde poderia encontrá-lo? — voltou-se para mim, mas novamente sem me encarar. Pelo visto, tinha algo contra mim. Quer dizer que tinha reconsiderado depois do dia anterior

Todos se sentaram, e eu também. A mesa era redonda. Trudoliúbov estava à minha esquerda, Símonov à direita. Zverkov estava na minha frente; Fierfítchkin do lado, entre ele e Trudoliúbov.

— Di-iga, o senhor está... no departamento? — Zverkov continuou a se ocupar de mim. Vendo que eu estava embaraçado, imaginou seriamente que devia me cobrir de atenções e alentar-me, por assim dizer. "O que é isso, será que ele quer que eu lhe dê uma garrafada?", pensava eu, irado. Irritara-me por falta de hábito, com uma rapidez antinatural.

— Na chancelaria número... — respondi com voz entrecortada, olhando para o prato.

— E... é v-vantajoso para o s-senhor? Di-iga, o que o le-evou a deixar o emprego anterior?

— O que me le-e-evou foi minha vontade de deixar o emprego anterior — arrastei a voz duas vezes mais do que ele, já quase sem me controlar. Fierfítchkin bufou. Símonov me fitou com ironia; Trudoliúbov parou de comer e passou a me examinar com curiosidade.

Zverkov ficou chocado, mas não quis deixar transparecer.

— Be-e-em, e quais são os mantimentos?

— Que mantimentos?

— Quer dizer, os v-vencimentos?

— Por que está me submetendo a exame?

Apesar disso, declarei imediatamente quanto recebia de vencimentos. Fiquei terrivelmente corado.

— Modesto — observou Zverkov, com ares de importância.

— Sim, senhor, não dá para jantar em café-restaurante! — interrompeu Fierfítchkin, descarado.

— Na minha opinião, chega a ser simplesmente pobre — notou Trudoliúbov, sério.

— E como o senhor emagreceu, como mudou... desde aquela época... — acrescentou Zverkov, já não sem veneno, ao examinar-me e a meu traje com insolente compaixão.

— Chega de embaraçá-lo —gritou Fierfítchkin, entre risinhos.

— Prezado senhor, fique sabendo que não estou embaraçado — estourei, por fim —, escute-me! Estou jantando a-aqui, "no café-restaurante", com meu próprio dinheiro, o meu, e não o dos outros, repare nisso, *monsieur* Fierfítchkin.

— Co-o-mo é? Quem aqui não está jantando com seu próprio dinheiro? O senhor parece... — insistiu Fierfítchkin, vermelho como um lagostim, fitando-me nos olhos com furor.

— Po-ois é! — respondi, sentindo que tinha ido longe demais —, e creio que seria melhor nos ocuparmos de assuntos mais inteligentes.

— O senhor aparentemente tenciona nos exibir sua inteligência?

— Não se preocupe, aqui isso seria completamente supérfluo.

— O que é isso, meu senhor, o que está cacarejando, hein? O senhor não ficou ruim da cabeça naquele seu *lepartamento*?

— Chega, senhores, chega! — gritou Zverkov, onipotente.

— Como isso é estúpido! — resmungou Símonov.

— De fato, é estúpido, nós nos reunimos em um grupo de amigos para nos despedirmos de um bom camarada que parte em *voyage*,[20] e o senhor fica acertando as contas — começou Trudoliúbov, dirigindo-se com rudeza apenas a mim. — O senhor mesmo se convidou ontem, então não perturbe a harmonia geral...

— Chega, chega — gritou Zverkov. — Parem, senhores, isso não vai bem. Melhor eu lhes contar como há três dias por pouco não me casei...

Daí começou uma pasquinada sobre como aquele senhor por pouco não se casara três dias antes. Das bodas, por sinal, não houve palavra, mas em seu conto cintilavam generais, coronéis e até fidalgos da câmara, dentre os quais Zverkov estava quase na liderança. Desencadearam-se risos de aprovação; Fierfítchkin chegou a ganir.

Todos me largaram, e fiquei esmagado e aniquilado.

"Senhor, isso lá é companhia para mim?", pensei. "E que idiota me mostrei diante deles! Aliás, permiti a Fierfítchkin muita coisa. Esses palermas acham que me concedem uma honra ao me dar um lugar em sua mesa, mas não entendem que sou eu, eu quem lhes concede a honra, e não eles! 'Emagreceu! O terno!', oh, malditas calças! Zverkov há pouco reparou na mancha amarela do joelho... Que mais? Agora mesmo, nesse minuto vou me levantar da mesa, pegar o chapéu e simplesmente partir, sem proferir palavra... Por desprezo! E amanhã, talvez, um duelo. Canalhas. Não lamento os sete rublos. Talvez achem... O diabo que os carregue! Não lamento os sete rublos! Vou partir nesse minuto!..."

Obviamente fiquei.

Por pesar, eu bebia copos e copos de Lafite e xerez. Por falta de hábito, embriaguei-me rápido e, com a embriaguez, cresceu também o enfado. De repente, veio-me a vontade de ofendê-los do modo mais atrevido e depois partir. Aproveitar o momento e

20 "Viagem", em francês russificado no original.

me exibir, depois eles que digam: apesar de ridículo, ele é inteligente... e... e... em suma, que vão para o inferno!

Lancei-lhes um olhar descarado, com os olhos embaciados. Mas eles já haviam se esquecido completamente de mim. Entre *eles* havia barulhos, gritos, alegria. Zverkov falava o tempo todo. Passei a escutar. Zverkov contava de uma dama exuberante, que ele por fim levara a se declarar (obviamente mentia como um cavalo), assunto no qual fora especialmente ajudado por seu amigo íntimo, um principezinho, o hussardo Kólia,[21] que possuía três mil almas.

— No entanto, esse Kólia, que possui três mil almas, não está aqui para se despedir do senhor — intrometi-me de repente na conversa. Todos se calaram na hora.

— O senhor já está bêbado — Trudoliúbov dignou-se finalmente a reparar em mim, com um olhar de esguelha, de desprezo, na minha direção. Zverkov me examinava em silêncio, como um inseto. Baixei os olhos. Símonov rapidamente começou a servir o champanhe.

Trudoliúbov ergueu a taça, seguido por todos, menos eu.

— À sua saúde e boa viagem! — gritou para Zverkov. — Aos velhos tempos, senhores, ao nosso futuro, hurra!

Todos beberam e se puseram a beijar Zverkov. Não me mexi; a taça estava na minha frente, cheia e intacta.

— Por acaso o senhor não vai beber? — berrou Trudoliúbov, perdendo a paciência e dirigindo-se a mim em tom ameaçador.

— Quero fazer um brinde de minha parte, especial... daí vou beber, sr. Trudoliúbov.

— Hidrófobo nojento! — resmungou Símonov.

Aprumei-me na cadeira e peguei a taça, febril, aprontando-me para algo raro e sem saber exatamente o que iria dizer.

21 Apelido de Nikolai.

— *Silence!*[22] — gritou Fierfítchkin. — Lá vem a inteligência! — Zverkov aguardava, muito sério, entendendo do que se tratava.

— Senhor tenente Zverkov — comecei —, fique sabendo que eu odeio frases, frasistas e cinturas apertadas… Esse é o primeiro ponto, e depois dele vem um segundo.

Todos se agitaram fortemente.

— O segundo ponto: odeio a devassidão e os devassos. Especialmente os devassos!

"Terceiro ponto: amo a verdade, a franqueza e a honra", prosseguia eu, quase maquinalmente, pois começara a gelar de terror, não entendendo como falava daquele jeito… "Amo o pensamento, *monsieur* Zverkov; amo a camaradagem verdadeira, em pé de igualdade, e não… hum… Amo… Aliás, para quê? Bebo à sua saúde, *monsieur* Zverkov. Seduza as circassianas, atire nos inimigos da pátria e… e… À sua saúde, *monsieur* Zverkov!"

Zverkov levantou-se da cadeira, fez-me uma reverência e disse:

— Sou-lhe muito grato.

Estava terrivelmente ofendido, e até pálido.

— Vá para o diabo! — bramiu Trudoliúbov, batendo com o punho na mesa.

— Não, senhor, há que se quebrar a cara dele por isso! — guinchou Fierfítchkin.

— Temos que expulsá-lo! — resmungou Símonov.

— Nenhuma palavra, senhores, nenhum gesto! — gritou Zverkov, solene, detendo a indignação geral. — Agradeço a todos, mas eu mesmo saberei demonstrar o valor que dou às palavras dele.

— Sr. Fierfítchkin, amanhã mesmo o senhor há de me dar satisfação por suas palavras de hoje! — eu disse, alto, dirigindo-me a Fierfítchkin com ares de importância.

22 "Silêncio", em francês no original.

— Ou seja, um duelo? Pois não — ele respondeu, mas, na verdade, eu estava tão ridículo em meu desafio, e aquilo combinava tão pouco com minha figura, que todos, inclusive Fierfítchkin, praticamente deitaram de tanto rir.

— Sim, claro, vamos largá-lo aí! Afinal, já está totalmente bêbado! — afirmou Trudoliúbov, com asco.

— Jamais me perdoarei por tê-lo incluído! — voltou a resmungar Símonov.

"E agora vou dar uma garrafada em todos", pensei, peguei a garrafa e... enchi meu copo.

"... Não, é melhor ficar sentado até o fim!", continuei a pensar. "Os senhores ficariam felizes se eu partisse. Por nada. Vou ficar sentado de propósito e beber até o fim, como sinal de que não lhes dou a menor importância. Vou ficar sentado e beber, pois aqui é um botequim e eu paguei a entrada. Vou ficar sentado e beber, pois os considero uns fantoches, uns fantoches inexistentes. Vou ficar sentado e beber... e cantar, se me der vontade, sim, senhores, e cantar, pois tenho esse direito... de cantar... hum."

Só que não cantei. Tentava apenas não olhar para nenhum deles; adotei a pose mais independente, aguardando com impaciência que eles fossem os *primeiros* a falar. Mas, infelizmente, eles não falaram. E como desejei, como desejei fazer as pazes com eles naquele instante. Deu oito horas, por fim nove. Passaram da mesa ao sofá. Zverkov esparramou-se em uma poltrona, apoiando uma perna em uma mesinha redonda. Levaram o vinho para lá. De fato, pediu três garrafas por sua conta. Obviamente, não fui convidado. Todos se sentaram ao seu redor, no sofá. Ouviam-no quase com devoção. Era visível que o amavam. "Por quê? Por quê?", pensava eu com meus botões. Por vezes, chegavam ao êxtase da embriaguez e se beijavam. Falaram do Cáucaso, da paixão verdadeira, do *gálbik*,[23] de postos de traba-

23 Jogo de cartas de azar.

lho vantajosos; dos rendimentos do hussardo Podkharjiévski, que nenhum deles conhecia pessoalmente, alegrando-se que ganhasse bem; da graça e beleza extraordinária da princesa D., que nenhum deles tampouco havia visto; por fim, chegou-se à imortalidade de Shakespeare.

Sorri com desprezo e fiquei caminhando pelo outro lado do aposento, em frente ao sofá, ao longo da parede, da mesa até a estufa e vice-versa. Queria demonstrar com todas as forças que podia passar bem sem eles; contudo, apoiado nos saltos, fazia as botas baterem de propósito. Mas era tudo em vão. *Aqueles ali* não prestavam atenção. Tive a pachorra de ficar assim, na frente deles, das oito às onze horas, sempre sozinho e no mesmo lugar, da mesa à estufa e da estufa de volta à mesa. "Ando assim, e ninguém pode me proibir." O garçom me olhava algumas vezes ao entrar no reservado; as idas e vindas frequentes faziam minha cabeça rodar; por instantes, eu tinha a impressão de delirar. Ao longo dessas três horas, suei e fiquei seco por três vezes. De vez em quando, uma ideia se cravava em meu coração com dor profunda e venenosa: passariam dez, vinte, quarenta anos e mesmo assim, dali a quarenta anos, eu recordaria com repulsa e humilhação esses que foram os minutos mais imundos, ridículos e terríveis de toda a minha vida. Não era possível humilhar a mim mesmo de modo mais desonesto e voluntário, isso eu entendia completamente, completamente, e mesmo assim continuava a ir da mesa para a estufa e vice-versa. "Oh, se os senhores apenas soubessem de que sentimentos e ideias sou capaz, e como sou evoluído!" — pensava por instantes, dirigindo-me mentalmente ao sofá em que estavam sentados meus inimigos. Só que meus inimigos se comportavam como se eu não estivesse no aposento. Uma vez, apenas uma vez se viraram para mim, justamente quando Zverkov se pôs a falar de Shakespeare, e eu de repente soltei uma gargalhada de desprezo. Dei uma bufada tão falsa e sórdida que eles interromperam a conversa para observar em silêncio por dois minutos, sérios, sem rir, como eu ia pela parede, da mesa à estufa, e como *não prestava atenção alguma neles.* Porém, não deu em nada: eles não disseram nada e, dois minutos depois, voltaram a me largar. Deu onze horas.

— Senhores — gritou Zverkov, levantando-se do sofá —, agora vamos todos *para lá.*

— Claro, claro! — disseram os outros.

Virei-me bruscamente para Zverkov. Encontrava-me tão extenuado, tão alquebrado, que até me mataria para que aquilo acabasse! Estava com febre; molhados de suor, os cabelos haviam grudado na testa e nas têmporas.

— Zverkov! Peço-lhe perdão — disse, abrupto e decidido —, ao senhor também, Fierfítchkin, e a todos, a todos, ofendi a todos!

— Arrá! Duelo não é com você! — sibilou Fierfítchkin, venenoso.

Meu coração se dilacerava, dolorosamente.

— Não, não tenho medo de duelo, Fierfítchkin! Estou pronto para me bater com o senhor amanhã, mesmo depois de fazer as pazes. Até insisto nisso, e o senhor não pode se recusar. Quero lhe demonstrar que não tenho medo de duelo. O senhor será o primeiro a atirar, e eu atirarei para o ar.

— Está se divertindo — observou Símonov.

— Simplesmente um delírio! — replicou Trudoliúbov.

— Mas nos deixe passar, o senhor está no meio do caminho!... O que deseja? — respondeu Zverkov, com desprezo. Todos estavam vermelhos; seus olhos brilhavam; tinham bebido muito.

— Peço sua amizade, Zverkov, eu o ofendi, porém...

— Ofendeu? O se-enhor? A m-mim? Fique sabendo, prezado senhor, que jamais, em quaisquer circunstâncias, poderá *me* ofender!

— Chega do senhor, fora! — reforçou Trudoliúbov. — Vamos.

— A Olímpia é minha, senhores, é o acordo! — gritou Zverkov.

— Não discutimos! Não discutimos! — responderam, rindo.

Fiquei coberto de cuspe. O bando saiu do aposento fazendo barulho, Trudoliúbov puxou uma canção estúpida. Símonov se deteve por um minutinho, para dar gorjeta aos garçons. De repente, aproximei-me dele:

— Símonov! Dê-me seis rublos! — disse, decidido e desesperado.

Ele me fitou com assombro extraordinário, com os olhos embotados. Também estava bêbado.

— Por acaso quer ir *para lá* conosco?

— Sim!

— Não tenho dinheiro! — atalhou, com um riso de desprezo, e saiu do reservado.

Peguei-o pelo capote. Era um pesadelo.

— Símonov! Eu vi o seu dinheiro, por que está recusando? Por acaso sou um canalha? Cuidado ao recusar: se o senhor soubesse, se soubesse para que estou pedindo! Disso depende tudo, todo o meu futuro, todos os meus planos...

Símonov sacou o dinheiro e praticamente o atirou em mim.

— Pegue, já que é tão sem-vergonha! — disse, impiedoso, e correu para alcançá-los.

Fiquei sozinho por um instante. Desordem, restos de comida, um cálice quebrado no chão, vinho derramado, bitucas de *papirossa*,[24] embriaguez e delírio na cabeça, uma angústia torturante no coração e, por fim, um lacaio, que tinha visto e ouvido tudo e me fitava nos olhos, curioso.

— *Para lá!* — gritei. — Ou todos eles suplicam minha amizade de joelhos, abraçando minhas pernas, ou... ou vou dar uma bofetada em Zverkov!

24 Cigarro com boquilha de cartão.

V.

— Ei-lo então, ei-lo então, finalmente, o choque com a realidade — eu murmurava, correndo escada abaixo a toda pressa. — Quer dizer que isso não é mais o papa saindo de Roma e partindo para o Brasil; quer dizer que não é mais o baile no lago de Como!

"Você é um canalha", passou-me pela cabeça, "se for rir disso agora!"

— Que seja! — gritei, respondendo a mim mesmo. — Agora já está tudo perdido mesmo!

Perdera os rastros deles, mas tudo bem: eu sabia para onde iam.

Na entrada havia um boleeiro solitário, noturno, de burel, todo polvilhado da neve úmida que continuava caindo e parecia quente. O tempo estava molhado e abafado. O cavalinho pequeno, peludo e malhado também estava todo polvilhado e tossia; também me lembro disso. Joguei-me no trenó de tábuas, mas, bastou levantar o pé para subir, a lembrança de como Símonov tinha acabado de me dar os seis rublos me abateu de tal modo que desabei como um saco.

— Não! É preciso fazer muito para resgatar isso tudo — berrei —, mas, nessa noite, ou eu resgato tudo, ou morro ali mesmo. Vamos!

Partimos. Todo um turbilhão rodava na minha cabeça.

"Não vão implorar de joelhos por minha amizade. Isso é uma miragem, uma miragem vulgar, repugnante, romântica e fantástica; assim como o baile no lago de Como. Por isso, *tenho* que dar uma bofetada em Zverkov! É minha obrigação. Assim, está decidido: agora vou voando lhe dar uma bofetada."

— Corra!

O boleeiro puxava as rédeas.

"Assim que chegar, bato nele. Antes da bofetada, preciso dizer algumas palavras, como preâmbulo? Não! Simplesmente chego e bato. Todos estarão sentados no salão, e ele em um sofá, com Olímpia. Maldita Olímpia! Certa vez, riu na minha cara e me rejeitou. Vou arrastar Olímpia pelos cabelos e Zverkov pelas orelhas! Não, melhor pegar por uma orelha e assim conduzi-lo por todo o quarto. Pode ser que eles comecem a me bater e empurrar. É o mais provável. Pois que seja! Mesmo assim, a primeira bofetada foi minha: a iniciativa foi minha e, pelas leis da honra, isso é tudo; ele já estará estigmatizado, e não se limpará dessa bofetada com surra nenhuma, apenas com um duelo. Terá que se bater. Bem, então eles que me espanquem agora. Pois seja, seus ingratos! Trudoliúbov é quem vai bater mais, é tão forte; Fierfítchkin provavelmente vai se atracar de lado e, sem dúvida, agarrar os cabelos. Mas que seja, que seja! Vim para isso. Seus crânios de carneiro finalmente serão obrigados a decifrar o trágico disso tudo! Quando estiverem me arrastando até a porta, gritarei que, na verdade, eles não valem o meu mindinho!"

— Corra, cocheiro, corra! — eu gritava para o boleeiro.

Ele chegou a tremular e agitar o cnute. Pois meu grito era muito feroz.

"Vamos nos bater à alvorada, já está decidido. O departamento acabou. Em vez de departamento, Fierfítchkin acaba de dizer *lepartamento*. Mas onde conseguir as pistolas? Bobagem! Pego um adiantamento e compro. E a pólvora, e as balas? Isso é com o padrinho. E como conseguir isso tudo até a alvorada? E onde arrumar um padrinho? Não tenho conhecidos..."

— Bobagem! — gritei, chacoalhando ainda mais. — Bobagem!

"A primeira pessoa que eu encontrar e abordar na rua estará obrigada a ser meu padrinho, como se fosse tirar um afogado da água. As suposições mais excêntricas devem ser consideradas. Se amanhã eu convidar o próprio diretor para ser meu padrinho, ele tem que concordar e guardar segredo por mero sentimento cavalheiresco! Anton Antônytch..."

A questão é que nesse mesmo instante fez-se para mim mais claro e mais vivo do que tudo que existia no mundo todo o absurdo ignóbil de minhas hipóteses e o reverso da medalha, porém...

— Corra, cocheiro, corra, tratante, corra!

— Ei, patrão! — disse a força do *zemstvo*.[25]

De repente, um frio se apoderou de mim.

"Mas não seria melhor... mas não seria melhor... ir agora direto para casa? Oh, meu Deus! Por quê, por que fui me convidar ontem para esse jantar? Mas não, não é possível! E o passeio de três horas da mesa à estufa? Não, eles, eles e mais ninguém devem me pagar por esse passeio! Eles têm que pagar pela desonra!"

— Corra!

"E se me mandarem para a delegacia? Não ousarão! Têm medo do escândalo. E se Zverkov se recusar a duelar por desprezo? Isso é bem provável: mas daí eu lhe mostro... Vou me precipitar à estação de posta, amanhã, quando ele estiver de partida, agarrá-lo pela perna, arrancar-lhe o capote quando estiver prestes a subir no veículo. Vou fincar os dentes em sua mão, vou mordê-lo. 'Vejam todos a que ponto pode chegar um homem desesperado!' Que me bata na cabeça, como todos que vierem atrás dele. Gritarei a todo o público: 'Vejam o jovem fedelho que vai seduzir circassianas com o meu cuspe na cara!'.

"É óbvio que, depois disso, tudo estará acabado! O departamento desaparecerá da face da terra. Serei detido, julgado, expulso do emprego, mandado para a cadeia, deportado para a Sibéria. Não tem problema! Quinze anos mais tarde, vou me

25 O *zemstvo* era uma forma de governo local das propriedades rurais, instituída pelo tsar Alexandre II depois da libertação dos servos. Como *Memórias do subsolo* foi escrito no mesmo ano da instauração do *zemstvo* (1864), Dostoiévski (como tantas vezes em sua ficção) certamente queria aqui reverberar essa novidade.

arrastar atrás dele, esfarrapado, um mendigo, quando me soltarem da prisão. Vou encontrá-lo em alguma cidade de província. Estará casado e feliz. Terá uma filha adulta... Direi: 'Veja, seu verdugo, veja minhas faces cavadas e meus farrapos! Perdi tudo: a carreira, a felicidade, a arte, a ciência, *a mulher amada*, e tudo por sua causa. Aqui estão as pistolas. Vim para descarregar minha pistola, e... e o perdoo'. Daí darei um tiro para o ar, e depois nem sinal de mim..."

Cheguei até a chorar, embora soubesse com perfeita exatidão, naquele mesmo instante, que tudo aquilo vinha de Sílvio e da *Mascarada*, de Lérmontov.[26] De repente, passei uma vergonha terrível, a ponto de parar o cavalo, descer do trenó e ficar parado na neve, no meio da rua. O cocheiro me fitava, perplexo e suspirando. O que fazer? Não dava para ir para lá, era um absurdo; e não dava para deixar o caso porque, se assim fosse... Senhores! Como podia deixar? Depois de tamanhas ofensas!

— Não! — exclamei, voltando a pular no trenó. — Está predestinado, é o destino! Corra, corra para lá!

Impaciente, dei com o punho no pescoço do boleeiro.

— Mas o que é isso, para que brigar? — gritou o pequeno mujique, fustigando, entretanto, o rocim, de modo que este até começou a escoicear com as patas traseiras.

A neve úmida caía aos flocos; tirei o casaco, não estava para aquilo. Esquecera-me de todo o resto, pois me resolvera definitivamente pela bofetada e sentia, com horror, que seria *infalivelmente agora*, aconteceria naquele instante, e que *já não havia forças que pudessem impedir*. Lampiões desertos cintilavam lúgubres na bruma nevada, como tochas em um enterro. A neve se acumulara debaixo do meu capote, da sobrecasaca e da gravata, e ali derreteu; não me cobri, pois tudo já estava

26 Sílvio, protagonista da novela *O tiro* (1830), de Aleksandr S. Púchkin (1799-1836); *Mascarada* (1835), drama de Mikhail Iu. Lérmontov (1814-41).

mesmo perdido! Por fim, chegamos. Apeei quase inconsciente, saí correndo pelos degraus e me pus a bater na porta com as mãos e com os pés. Minhas pernas estavam especialmente enfraquecidas na altura dos joelhos. Abriram rápido; era como se soubessem de minha chegada. (De fato, Símonov os havia prevenido de que, talvez, viesse mais um, pois lá era necessário prevenir e, em geral, precaver-se. Tratava-se de uma daquelas "lojas de moda" que a polícia exterminou há tempos. De dia era mesmo uma loja; à noite, porém, com uma recomendação, era possível visitar.) Com passos rápidos, passei pela loja escura, chegando ao conhecido salão, onde ardia uma vela, e fiquei perplexo: não havia ninguém.

— Mas onde estão eles? — perguntei a alguém.

Mas eles, obviamente, já tinham conseguido se dispersar...

Diante de mim havia uma pessoa de sorriso estúpido, a proprietária, que eu conhecia em parte. Um minuto mais tarde, a porta se abriu, e entrou outra pessoa.

Sem prestar atenção em nada, caminhei pelo aposento falando sozinho, ao que parece. Era como se tivesse sido salvo da morte e, com todo o meu ser, pressentia isso com alegria; pois eu teria dado a bofetada, infalivelmente teria dado a bofetada! Mas agora eles não estavam e... tudo desaparecera, tudo mudara!... Olhei ao redor. Ainda não podia compreender. Lancei um olhar maquinal à garota que entrara: na minha frente, reluzia um rosto fresco, jovem, algo pálido, de sobrancelhas retas e escuras e um olhar sério e algo surpreso. Isso me agradou de cara; eu a teria odiado se ela sorrisse. Passei a olhar com mais atenção, como que me esforçando: ainda não reunira as ideias. Havia algo de cândido e bom naquele rosto, porém uma estranheza séria. Tenho certeza de que isso a prejudicava ali, e de que, por causa disso, nenhum daqueles tolos jamais reparara nela. A propósito, não podia ser chamada de bela, embora fosse de alta estatura, forte e bem-feita. Sua roupa era de uma simplicidade extraordinária. Algo de abjeto me mordeu; fui até ela...

Lancei um olhar casual ao espelho. Meu rosto perturbado pareceu-me extremamente repulsivo: pálido, mau, vulgar, de cabelos desgrenhados. "Pois que seja, fico feliz com isso", pensei, "fico feliz precisamente por me mostrar repulsivo para ela; isso me agrada..."

VI.

... Em algum lugar atrás do tabique, como que submetido a forte pressão, como se alguém o sufocasse, o relógio roncou. Ao ronco artificialmente prolongado seguiu-se um badalar fraquinho, ruinzinho e algo inesperado, como se alguém tivesse dado um pulo repentino para a frente. Deram duas horas. Acordei, embora não estivesse dormindo, apenas deitado, semiconsciente.

O quarto estreito, apertado e baixo, atravancado por um enorme guarda-roupa e caixas de papelão, trapos e todo tipo de traste de vestuário jogado, estava escuro, quase por completo. O toco de vela em cima da mesa, no fim do quarto, apagava-se por inteiro, lançando luzes tênues e intermitentes. Em alguns minutos, as trevas seriam absolutas.

Não demorou para que voltasse a mim; as lembranças vieram todas imediatamente, de uma vez, sem esforço, como se estivessem me vigiando para cair em cima de mim outra vez. Mesmo em minha letargia, ficou na memória, o tempo todo, uma espécie de ponto, que não se esquecia de nada, em torno do qual meus sonhos caminhavam pesadamente. Mas era estranho: tudo que me acontecera naquele dia, agora, ao despertar, parecia ser um passado longínquo, como se o houvesse vivido havia muito, muito tempo.

Tinha um torpor na cabeça. Era como se algo pairasse sobre mim, tocando-me, excitando-me e perturbando-me. A angústia e a bile voltavam a se acumular e buscar uma saída. De repente, ao meu lado, avistei dois olhos abertos, que me examinavam com curiosidade e obstinação. O olhar era de uma indiferença fria, lúgubre, como algo completamente alheio; dava uma impressão de pena.

Um pensamento lúgubre nasceu em meu cérebro, percorrendo todo o meu corpo com uma sensação desagradável, parecida com a da entrada em um subsolo úmido e bolorento. Parecia um tanto artificial que justamente só agora aqueles dois olhos tivessem inventado de me examinar. Lembro-me ainda de que, ao longo de duas horas, eu não dissera uma palavra àquela criatura, não considerando absolutamente necessário fazê-lo; pouco antes, isso até me agradara, por algum motivo. Só que agora, de repente, vinha surgindo com força a ideia disparatada, repugnante como uma aranha, da perversão, que, sem amor, rude e desavergonhada, começa justo onde o verdadeiro amor é coroado. Ficamos nos encarando desse jeito por muito tempo, mas ela não baixava os olhos diante dos meus, nem alterava o olhar, de modo que, por fim, fiquei mal.

— Qual o seu nome? — perguntei, com voz entrecortada, para encerrar logo aquilo.

— Liza — ela respondeu, quase cochichando, mas de cara feia e afastando o olhar.

Fiquei em silêncio.

— Hoje o tempo... neve... ruim — disse, quase para mim, colocando a mão atrás da cabeça, angustiado, e olhando para o teto.

Ela não respondeu. Tudo aquilo era indecente.

— Você é daqui? — perguntei, um minuto depois, quase estourando de raiva, virando de leve a cabeça para ela.

— Não.

— De onde é?

— De Riga — ela disse, de má vontade.

— Alemã?

— Russa.

— Está aqui faz tempo?

— Aqui onde?

— Nesta casa.

— Duas semanas — ela ia falando de forma cada vez mais entrecortada. A vela apagou de vez; eu não conseguia mais distinguir seu rosto.

— Tem pai e mãe?

— Sim... não... tenho.

— Onde estão?

— Lá... em Riga.

— Quem são?

— Assim...

— Como assim? Quem são, de que classe?

— Pequeno-burgueses.

— Você sempre morou com eles?

— Sim.

— Quantos anos tem?

— Vinte.

— Por que fugiu deles?

— Assim...

Esse *assim* queria dizer: não me encha, está me enjoando. Calamo-nos.

Sabe Deus por que eu não saí. Estava ficando cada vez mais enjoado e angustiado. Imagens de tudo que ocorrera naquele dia, sem que eu quisesse, passaram a acorrer à minha memória por si só, de modo desordenado. De repente me lembrei de uma cena que tinha visto na rua, de manhã, enquanto trotava apressado para o serviço.

— Hoje estavam carregando um caixão e quase deixaram cair — disse eu de repente, em voz alta, sem a menor vontade de começar uma conversa, assim meio que sem querer.

— Um caixão?

— Sim, na rua Siênnaia; estavam tirando de um porão.

— De um porão?

— Não de um porão, mas de um andar inferior... sabe... lá de baixo... de uma casa de má fama... Tinha tanta sujeira em volta... Cascas, lixos... fedia... era detestável.

Silêncio.

— É ruim enterrar hoje! — recomecei, apenas para não ficar calado.

— Por que ruim?

— A neve, a umidade... (Bocejei.)

— Dá na mesma — ela disse, de repente, depois de algum silêncio.

— Não, é sórdido... (Voltei a bocejar.) Os coveiros com certeza estavam xingando porque a neve encharcava. E na sepultura com certeza tinha água.

— Por que tinha água na sepultura? — perguntou, com alguma curiosidade, porém com a fala mais rude e entrecortada do que antes. Algo começou a me incitar de repente.

— Como assim, no fundo, de água, tinha uns seis *verchóks*. Não dá para abrir uma cova seca lá em Vólkovo.

— Por quê?

— Como por quê? O lugar é cheio de água. Aqui tem pântano por todo lado. Daí colocam na água. Eu mesmo vi... muitas vezes...

(Não tinha visto nenhuma vez, nem jamais estivera em Vólkovo, só ouvira dizer.)

— Por acaso para você dá tudo na mesma, morrer?

— Mas por que eu vou morrer? — ela respondeu, como se defendendo.

— Algum dia também há de morrer, e vai morrer como a defunta de hoje... Ela era... também uma moça sozinha... Morreu de tísica.

— A garota devia ter morrido no hospital... (Ela já sabia do fato, pensei; disse garota, e não moça.)

— Ela devia à proprietária — repliquei, cada vez mais incitado pela discussão —, e trabalhou quase até o fim, embora estivesse tísica. Os cocheiros das redondezas falaram com os soldados e contaram isso. Com certeza eram seus conhecidos. Estavam rindo. Reuniram-se no botequim em sua memória. (Aqui eu também contava muitas lorotas.)

Silêncio, profundo silêncio. Ela nem se mexia.

— Mas não seria melhor morrer no hospital?

— E não dá na mesma?... Por que eu haveria de morrer? — ela acrescentou, zangada.

— Agora não, mas e depois?

— Mesmo depois...

— Nada disso! Agora você é jovem, bela, viçosa, tem valor por causa disso. Só que, depois de um ano nessa vida, não será mais assim, vai definhar.

— Daqui a um ano?

— Em todo caso, daqui a um ano você vai ter menos valor — prossegui, com perversa alegria. — Daqui você vai passar para um lugar inferior, para outra casa. Daqui a outro ano, para uma terceira casa, cada vez mais baixa, e, em sete anos, também estará na Siênnaia, no porão. Isso ainda vai ser bom. A desgraça será se, além disso, aparecer *alguma* doença, bem, uma fraqueza no peito... ou se ficar resfriada, ou outra coisa. Nessa vida, é difícil a doença passar. Se pegar, é capaz de não largar mais. E daí você morre.

— Pois bem, eu morro — ela respondeu, já totalmente irada, e remexendo-se rapidamente.

— Mas dá pena.

— De quem?

— Da vida.

Silêncio.

— Você tinha noivo? Hein?

— Por que quer saber?

— Ah, não a estou interrogando. Não quero saber. Por que ficou brava? Claro que você deve ter suas contrariedades. Que me importa? Mas dá pena.

— De quem?

— De você.

— Não é nada... — ela sussurrou, quase inaudível, e voltou a se remexer.

Isso me agastou na hora. Como? Eu tinha sido tão dócil, e ela...

— Mas o que você acha? Está num bom caminho, não?

— Não acho nada.

— Pior se não acha. Acorde, ainda há tempo. Há tempo, sim. Você ainda é jovem, é bonita; pode se apaixonar, se casar, ser feliz...

— Nem todas as casadas são felizes — atalhou, com a fala rude de antes.

— Claro que nem todas, mas mesmo assim é muito melhor do que aqui. Incrivelmente melhor. Dá para viver com amor e sem felicidade. Mesmo na desgraça a vida é boa, é bom viver, não importa como. Mas aqui o que há além de... fedor? Argh!

Virei-me com repulsa; não estava mais argumentando com frieza. Passei a sentir que me inflamava ao falar. Já ansiava por expor as *ideiazinhas* íntimas, que tinha incubado em um canto. De repente, algo me incendiou, "aparecera" um objetivo.

— Não repare que estou aqui, não sou exemplo para você. Talvez eu seja até pior do que você. Aliás, vim para cá bêbado — apressei-me, mesmo assim, em me justificar. — Além disso, o homem jamais é exemplo para a mulher. São casos distintos: ainda que eu me emporcalhe e me suje, não sou escravo de ninguém; cheguei, fui embora e não estou mais aqui. Sacudo-me e já era. Já você é uma escrava desde o início. Sim, escrava! Você entrega tudo, toda a sua vontade. Depois, vai querer romper essas correntes, e não terá como: estarão apertadas cada vez com mais força. Malditas correntes. Eu as conheço. Nem vou falar do resto, você possivelmente não entenderia, mas me diga: por acaso está devendo para a patroa? Ah, mas veja! — acrescentei, embora ela não respondesse, e ficasse apenas me escutando calada, com todo o seu ser. — Veja a sua corrente! Nunca vai comprar sua liberdade. Eles fazem assim. É como vender a alma ao diabo... ... Enquanto isso, eu... pode ser que eu também seja tão infeliz, se quer saber, e me enfie na lama de propósito, e também por angústia. Afinal, há quem beba de desgosto: bem, eu estou aqui de desgosto. Mas diga o que tem de bom aqui: eu fui... com você... há pouco, e não proferimos palavra, depois você ficou me examinando como uma selvagem; e eu fiz o mesmo. Assim é que se ama? Assim é que uma pessoa deve se relacionar com outra? Uma pouca vergonha, isso é que é!

— Sim! — ela ecoou, brusca e apressada. Fiquei até espantado com a pressa desse *sim*. Poderia significar que essa mesma ideia percorrera sua cabeça ao me examinar, pouco antes? Significaria que ela também era capaz de ideias?... "Que diabo, é curioso, isso é *afinidade*", pensei, quase esfregando as mãos. "E como não dominar uma alma jovem dessas?..."

O que mais me cativava era o jogo.

Ela virou a cabeça para mais perto de mim e, no escuro, tive a impressão de que a apoiou na mão. Pode ser que me examinasse. Como lamentei não poder divisar seus olhos. Ouvia sua respiração profunda.

— Por que você veio para cá? — comecei, já com alguma autoridade.

— Assim...

— Afinal, como é bom viver na casa dos pais! É quente, é livre; o próprio ninho.

— E se for pior que isso?

“Preciso encontrar o tom”, ocorreu-me, “o sentimentalismo talvez não dê muito resultado.”

Aliás, isso só me passou pela cabeça momentaneamente. Juro que ela me interessava de verdade. Ademais, eu estava relaxado e bem-disposto. E a trapaça convive facilmente com o sentimento.

— Como não? — apressei-me a responder. — Acontece de tudo. Afinal, estou seguro de que alguém a ofendeu, e de que é ele o culpado, e não *você*. Embora não saiba nada da sua história, uma moça como você com certeza não veio parar aqui por vontade própria...

— Que tipo de moça eu sou? — sussurrou, quase inaudível, mas eu ouvi.

“Que diabo, estou bajulando. Isso é torpe. Mas talvez também seja bom...” Ela calava.

— Veja, Liza, vou falar de mim! Se eu tivesse tido uma família desde a infância, não seria como sou hoje. Penso nisso com frequência. Pois, por pior que seja a família, sempre são o pai e a mãe, não inimigos, não gente de fora. Pelo menos uma vez por ano vão lhe demonstrar amor. Apesar de tudo você sabe que está em casa. Só que eu cresci sem família; certamente foi por isso que saí tão... insensível.

Voltei a esperar.

“Talvez não entenda”, pensei eu, “e é mesmo ridículo: a moral.”

— Se eu fosse pai, e tivesse uma filha, acho que a amaria mais do que os filhos, de verdade — comecei, ladeando, como se falasse de outra coisa, para distraí-la. Confesso que enrubesci.

— Por que isso? — perguntou.

Ah, então está escutando!

— Assim; não sei, Liza. Veja: conheço um pai que era um homem rígido e severo, mas ficava de joelhos diante da filha, beijava suas mãos e seus pés, não se cansava de admirá-la;

verdade. Quando a filha dançava nas festas, ele ficava cinco horas no mesmo lugar, sem tirar os olhos dela. Era louco por ela; eu entendo. Ela ficava cansada e adormecia, à noite, e ele acordava para ir beijá-la no sono e fazer o sinal da cruz. Andava com um casaquinho ensebado, era avarento com todos, mas, para ela, comprava sempre o mais novo, dava presentes caros, e que alegria quando o presente a agradava. O pai sempre deve amar a filha mais do que a mãe. Algumas moças são felizes em casa! Acho que nem deixaria minha filha se casar.

— Mas como assim? — perguntou, sorrindo de leve.

— Teria ciúmes, juro por Deus. Bem, como ela iria se pôr a beijar um outro? Amar um outro mais do que o pai? É duro até de imaginar. Claro que tudo isso é bobagem; claro que, no fim, todo mundo cria juízo. Acho que eu, antes de casá-la, iria me atormentar de preocupação: rejeitaria todos os noivos. Mas, assim mesmo, terminaria por casá-la com o que ela amasse. Pois o pai sempre acha o que a filha ama o pior de todos. É assim. Por causa disso, muita coisa ruim acontece nas famílias.

— Outros são mais felizes vendendo a filha do que casando-a com honra — ela disse, de repente.

Arrá! Então é isso!

— Isso, Liza, é nas malditas famílias em que não há Deus nem amor — secundei, com ardor —, e, onde não há amor, não há também juízo, tampouco. Verdade que há famílias assim, mas não é delas que estou falando. Pelo visto, você não encontrou bondade na sua família, para falar assim. Você é verdadeiramente infeliz. Hum... Tudo isso vem mais da pobreza.

— Por acaso entre os nobres é melhor? Mesmo na pobreza, gente honrada vive bem.

— Hum... sim. Pode ser. Também tem o seguinte, Liza: a pessoa só gosta de contabilizar sua desgraça, mas não contabiliza a felicidade. Se contabilizasse direito, veria então que sempre tem o seu quinhão assegurado. Bem, mas se tudo dá certo na família, Deus abençoa, o marido se revela bom, ama você, mima você, não sai de perto de você! Essa família é boa! Mesmo com alguma desgraça ainda é algo bom; pois onde não há desgraça? Talvez você se case, daí *saberá por si mesma*. Tomemos pelo menos os primeiros tempos de casada com aquele que se ama: é a felicidade, quanta felicidade se tem, às vezes! A três por dois. Nesses primeiros tempos, até as discussões com o marido vão acabar bem. Tinha uma mulher que, quanto mais amava o marido, mais discussões arranjava com ele. É verdade, eu a conheci: "Pois bem, eu amo muito, e o atormento por amor, para que você sinta". Você sabia que é possível atormentar uma pessoa de propósito, por amor? Especialmente as mulheres. E pensam consigo mesmas: "Em compensação, depois vou amá-lo e acariciá-lo tanto que não é pecado atormentá-lo agora". Em casa, todos ficam contentes com você, que está bem, alegre, calma, honrada... Mas também há outras que são ciumentas. Ele sai, e conheço uma que não aguenta e sai correndo na mesma noite, devagarinho, para espiar: não estaria ele ali, naquela casa, com aquela? Isso já é ruim. Ela sabe que é ruim, seu coração estanca e se mortifica, mas ama; tudo isso é por amor. E como é bom fazer as pazes depois da briga, reconhecer a própria culpa ou perdoar! E como é bom para os dois, como fica bom de repente, como se tivessem voltado a se conhecer, a se casar, como se o amor começasse de novo. E ninguém, ninguém deve saber o que se passa entre marido e mulher quando eles se amam. E, seja qual for a briga, não devem chamar nem a própria mãe para julgar, nem contar nada um do outro. Julgue por si mesma. O amor é um segredo divino, que deve ser escondido dos olhos de todos os outros, haja o que houver. Isso o faz mais santo, melhor. Um respeita mais o outro, e o respeito é a base de muita coisa. E uma vez que houve amor, que se casaram por amor, por que haveria o amor de passar? Por que não seria possível conservá-lo? É raro o caso em que não é possível conservá-lo. Bem, se o marido lograr ser bom e honesto, como então o amor vai passar? Verdade que o primeiro amor conjugal passa, mas daí vem um amor ainda melhor. Daí as almas se encontram, todos os assuntos são resolvidos em conjunto; um não tem segredo para o outro. Virão os filhos, e então todos os tempos, mesmo os mais difíceis, parecerão felizes: só é preciso amar e ter coragem. Daí até o trabalho será alegre, daí terá de recusar o pão algumas vezes em prol dos filhos, e isso também será alegre. Afinal, depois eles vão amá-la por isso: você está acumulando para si mesma. Os filhos crescem, você sente que é um exemplo, um apoio para eles; que, quando morrer, eles levarão consigo, por toda a vida, seus sentimentos e ideias, como receberam de você, à sua imagem e semelhança. Quer dizer que se trata de um grande dever. Assim, como pai e mãe não ficariam mais próximos? Dizem que é duro ter filhos. Quem diz isso? É uma felicidade celestial! Você gosta de crianças pequenas, Liza? Eu gosto terrivelmente. Sabe, um menino rosado, sugando seu seio: o coração de qualquer marido se volta para a esposa quando ele a vê sentada com seu bebê! Um bebezinho rosadinho, rechonchudinho, abre os braços, espreguiçando-se; pezinhos e mãozinhas suculentas, unhazinhas limpinhas, pequeninas, tão pequeninas que parecem ridículas, os olhinhos como se já entendesse tudo. E suga, mexe no seu seio com a mãozinha, brinca. O pai chega, ele se solta do peito, se inclina todo para trás, olha para o pai, ri, como se Deus soubesse o que tem de tão engraçado, e de novo, de novo se põe a sugar. Daí pega e dá uma mordida no seio da mãe, se os dentes já saíram, fitando-a de esguelha com seus olhinhos: "Está vendo, mordi!". Será que então não é tudo felicidade quando estão os três, marido, mulher e bebê, juntos? É possível perdoar muita coisa por esses instantes. Não, Liza, primeiro é preciso aprender a viver por si só, para depois acusar os outros!

"Quadrinhos, esses são os quadrinhos de que você precisa!", pensei comigo mesmo, embora, por Deus, tenha falado com sentimento, e enrubesci de repente. "E se ela de repente cair na gargalhada, onde é que vou me enfiar então?" Essa ideia me deixava furioso. No fim do discurso, fiquei realmente inflamado, e agora o amor-próprio me fazia sofrer. O silêncio se prolongou. Tive até vontade de empurrá-la.

— O que o senhor... — começou, de repente, e parou.

Mas eu já tinha entendido tudo: havia um outro tremor em sua voz, nem brusco, nem rude, nem teimoso como há pouco, mas algo suave e acanhado, tão acanhado que, de repente, me senti envergonhado e culpado perante ela.

— O quê? — perguntei, com terna curiosidade.

— Mas o senhor...

— O quê?

— Algo no senhor... é como um livro — disse, e algo de zombeteiro voltou a se ouvir em sua voz.

Essa observação foi um beliscão dolorido. Eu não esperava.

Não compreendi que ela se mascarava na zombaria de propósito, que esse é o último subterfúgio habitual das pessoas acanhadas e de coração casto, quando alguém tenta penetrar sua alma, de modo rude e inoportuno, e que, até o último instante, elas não se rendem por orgulho, temendo exprimir seus sentimentos. Já pela timidez com que se aproximara, em algumas tentativas, de sua zombaria, antes de por fim se decidir a exprimi-la, eu deveria ter adivinhado. Mas não adivinhei, e um sentimento perverso se apoderou de mim.

"Espere aí", pensei.

VII.

— Ei, basta, Liza, que história é essa de livro, quando me sinto sórdido, como alguém de fora? Só que não sou de fora. Tudo isso me despertou na alma… Será possível, será possível que você não se sinta sórdida aqui? Não, pelo visto o hábito é muito significativo! Sabe o diabo o que o hábito pode fazer com uma pessoa. Mas será que você pensa a sério que nunca vai envelhecer, será eternamente bela e vão mantê-la aqui eternamente? Nem vou falar da obscenidade daqui… Aliás, quero lhe falar da sua vida atual: embora agora você seja jovem, linda, boa, com alma, com sentimento; bem, saiba que eu, assim que acordei, há pouco, imediatamente me senti sórdido por estar aqui com você! Só mesmo estando bêbado para vir parar aqui. Porém, se você vivesse em outro lugar, como vivem as pessoas boas, pode ser que eu não apenas a cortejasse, como simplesmente me enamorasse de você, ficasse contente com um olhar ou uma palavra sua; espreitaria você no portão, ficaria de joelhos na sua frente; eu a olharia como noiva, considerando isso uma honra. Não ousaria pensar algo impuro a seu respeito. Aqui, porém, eu sei que basta assobiar e você, querendo ou não, virá atrás de mim, e não sou eu que devo perguntar a sua vontade, mas você a minha. O último dos mujiques, ao fazer um contrato de trabalho, nem assim se escraviza por inteiro, e sabe que aquilo tem um prazo. Mas cadê o seu prazo? Pense apenas: o que você está entregando? O que escraviza? A alma, a alma, sobre a qual não tem poder, está sendo escravizada junto com o corpo! Você expõe seu amor à profanação de qualquer bêbado! O amor! Só que isso é tudo, só que isso é um diamante, um tesouro virginal, o amor! Para serem dignos desse amor, alguns estão prestes a entregar a alma, a acorrer à morte. Mas o que vale o seu amor aqui? Você é comprada por inteiro, e para que vão solicitar o amor, quando por aqui tudo é possível sem amor? Não pode haver ofensa maior para uma moça, compreende? Bem, ouvi dizer que dão alegria a vocês, bobas, deixando que tenham amantes aqui. Pois isso é uma complacência, um engano, um riso na cara de vocês, e vocês acreditam.

O quê, esse amante a ama de fato? Não creio. Como vai amar, sabendo que nessa hora mesmo podem chamá-la para longe dele? Depois disso, ele é um nojento! Será que tem um pingo de respeito por você? O que ele tem em comum com você? Ele ri de você e ainda a rouba; eis todo o seu amor! Será bom se não bater. Mas pode também bater. Pergunte-lhe, se você tiver um desses: ele vai se casar com você? Vai rir na sua cara, se não cuspir ou espancar, e ele mesmo pode não valer dois tostões furados. Pense; e para que você arruinou sua vida aqui? Pelo café que lhe dão e pelas refeições fartas? E para que a alimentam? Uma outra pessoa, honrada, não deixaria esse quinhão passar pela garganta ao saber para que é alimentada. Aqui você é devedora, vai ser sempre devedora, até o fim, até quando os fregueses começarem a ter aversão de você. E isso há de ser logo, não tenha esperança na juventude. Aqui tudo é rápido como o correio. Você será expulsa. E não vão simplesmente expulsar, bem antes já começarão a criticar, começarão a xingar, como se você não tivesse entregado sua saúde e juventude à patroa, como se não tivesse destruído sua alma por ela, mas sim a tivesse arruinado, reduzido à miséria, roubado. E não espere apoio: as outras amigas também vão lhe cair em cima, por servilismo, pois aqui estão todas escravizadas, e perderam a consciência e a piedade há muito tempo. Acanalharam-se, e não há xingamentos mais sórdidos, vulgares e ultrajantes do que os delas. E você vai deixar tudo aqui, tudo, sem ressalvas, a saúde, a juventude, a beleza, as esperanças e, aos vinte e dois anos, terá a aparência de trinta, e será bom se não adoecer, ore a Deus por isso. Afinal, certamente você acha que agora não está trabalhando, está no ócio! Só que não há nem jamais houve trabalho mais pesado e forçado no mundo. Parece que o coração deveria se debulhar em lágrimas. E você não vai ousar dizer palavra, nem meia palavra, quando for expulsa daqui, irá embora como uma culpada. Vai se mudar para outro lugar, depois para um terceiro, depois ainda para um outro e, por fim, chegará à Siênnaia. Lá também vão começar a espancá-la; é a amabilidade local; o cliente de lá não sabe acariciar se não bater. Não acredita que lá seja tão repugnante? Vá, dê uma olhada, poderá observar com seus próprios olhos. Avistei uma delas no Ano-Novo, junto à porta. Fora expulsa por zombaria, para esfriar um pouco, pois andava choramingando muito, e fecharam a porta atrás dela. Às nove da manhã já estava totalmente bêbada, desgrenhada, seminua, toda batida. Toda empoada, com manchas negras nos olhos; escorria sangue do nariz e dos dentes: algum cocheiro tinha acabado de dar um jeito nela. Estava sentada em uma escadinha de pedra, com um peixe salgado na mão; choramingava, pranteando algo sobre sua "disgraça", martelando os degraus da escada com o peixe. Na entrada, apinharam-se uns cocheiros e soldados bêbados, mexendo com ela. Você não acredita que também vai ficar assim? Eu também não gostaria de acreditar, mas quem sabe, pode ser que dez, oito anos atrás, essa mesma do peixe salgado tenha chegado de algum lugar fresca, inocente como um querubinzinho, purinha; não conhecia o mal, corava a cada palavra. Talvez fosse como você, orgulhosa, suscetível, diferente de todas, com um olhar de rainha e sabedora de que a felicidade completa aguardava aquele que a amasse e que ela amasse. Viu como acabou? E se, naquele mesmo instante em que martelava com o peixe os degraus sujos, bêbada e desgrenhada, ela se recordasse de todo o seu passado, dos anos de pureza na casa paterna, quando ainda ia à escola, e o filho do vizinho a espreitava no caminho, assegurando que a amaria por toda a vida, que lhe confiaria seu destino, quando eles juraram amar um ao outro para sempre e se casar quando estivessem mais crescidos? Não, Liza, você seria feliz, feliz se morresse logo, de tísica, em algum lugar, em um canto, no porão, como a que morreu hoje. No hospital, você diz? Muito bem, vão levar, mas e se ainda dever à patroa? A tísica é uma doença daquelas; não é uma febre. Até os últimos minutos a pessoa tem esperança, e diz que está bem. Ela se consola. E isso é proveitoso para a patroa. Não se preocupe, é assim; significa que vendeu a alma e, ainda por cima, deve dinheiro, significa que não se atreve a dar nem um pio. Vai morrer, e todos vão largá-la, vão lhe dar as costas, pois o que ainda há para tirar de você? Ainda vão recriminá-la por ocupar um lugar à toa, por não morrer logo. Você vai rogar água, que vão lhe dar com insultos: "Quando é que vai bater as botas, sua canalha? Fica atrapalhando nosso sono, gemendo, os clientes ficam com nojo". É verdade; eu mesmo ouvi essas palavras. Moribunda, será enfiada no canto mais fedorento do porão, escuro, úmido; deitada, sozinha, o que você vai repensar, então? Morta, será preparada rápido, por mãos alheias, entre resmungos, com impaciência, sem ninguém para abençoá-la, sem ninguém para suspirar por você, apenas vão querer tirá-la dos ombros o quanto antes. Comprarão um ataúde, vão carregá-la como carregaram a pobre de hoje, irão ao *botequim* em sua memória. No túmulo, lama, borras, neve úmida; vão fazer cerimônia por sua causa? "Desça-a, Vaniukha; que 'disgraça', até aqui está de pernas para cima, essa aí. Encurte as cordas, seu velhaco." "Está bem assim." "Como bem? Está deitada de lado. Também era uma pessoa, ou não? Certo, está bem, cubra." Nem ficar muito tempo se xingando por sua causa vão querer. Vão cobrir o quanto antes com barro úmido e azul e irão para o botequim... Daí será o fim de sua memória na terra; aos túmulos de outros filhos irão pais, maridos, mas o seu não terá nem lágrima, nem suspiro, nem lembrança, e ninguém, ninguém, jamais, no mundo inteiro, irá visitá-la; seu nome desaparecerá da face da terra assim, como se você nunca tivesse existido nem nascido! A lama, o pântano, ainda que, à noite, quando os mortos se levantam, você bata na tampa do caixão: "Gente boa, deixe-me viver no mundo! Vivi, mas não vi a vida, minha vida passou em um instante; foi bebida em um botequim na Siênnaia; gente boa, deixe-me viver mais uma vez!...".

Cheguei a tamanha exaltação que um espasmo se armou em minha garganta, e... de repente, eu me detive, ergui-me assustado e, inclinando a cabeça, amedrontado, apurei o ouvido, com o coração palpitante. Havia motivo para perturbação.

Já pressentira havia muito tempo que lhe revirava a alma e partia o coração e, quanto mais me certificava disso, com maior rapidez, e a maior força possível, desejava atingir meu objetivo. O jogo, o jogo me atraía; aliás, não era só o jogo...

Sabia que estava falando de modo tenso, laborioso, quase livresco, em suma, não sabia fazer diferente de "como num livro". Isso, porém, não me perturbava; afinal, eu sabia, pressentia, que seria compreendido, e esse mesmo caráter livresco podia ser de ainda mais valia. Só que agora, atingido o efeito, fiquei de repente atemorizado. Não, eu jamais, jamais fora testemunha de tamanho desespero! Ela estava deitada de bruços, enfiando a cara no travesseiro com força e agarrando-o com ambas as mãos. Seu peito se dilacerava. O corpo jovem estremecia por inteiro, como se tivesse convulsões. Os soluços oprimidos no peito pressionavam, dilaceravam e de repente prorrompiam em berros e gritos. Então se aferrava ainda mais ao travesseiro: não desejava que ninguém mais ali, nem uma alma soubesse de seus tormentos e lágrimas. Mordia o travesseiro, mordeu a mão até sangrar (isso eu vi depois), ou, agarrando com os dedos as tranças desfeitas, paralisava de esforço, prendendo a respiração e apertando os dentes. Comecei a lhe dizer algo, pedir que se acalmasse, mas sentia que não conseguiria, e, de repente, com um calafrio, quase aterrorizado, comecei a me preparar, às apalpadelas, para ir embora o quanto antes. Estava escuro: por mais que tentasse, não conseguia dar logo um fim naquilo. De repente, apalpei uma caixa de fósforos e um castiçal com uma vela inteira, intacta. Bastou a luz iluminar o quarto e Liza se ergueu de um salto, sentou-se e me contemplou com a cara torta e uma fisionomia meio doida, quase insana. Sentei-me a seu lado e a tomei pelas mãos; ela voltou a si e se lançou em minha direção, querendo me abraçar, mas não conseguiu e inclinou a cabeça na minha direção, em silêncio.

— Liza, minha amiga, estou errado... perdoe-me — comecei, mas ela fincou seus dedos no meu braço com tamanha força que eu entendi que não falava o que era preciso, e parei.

— Esse é meu endereço, Liza, venha até minha casa.

— Irei... — ela sussurrou, decidida, sem jamais erguer a cabeça.

— Agora vou embora, adeus... até logo.

Levantei-me, ela também se levantou e, de repente, corou por inteiro, estremeceu, pegou um lenço que estava na cadeira e cobriu dos ombros até o queixo. Após fazê-lo, voltou a dar um sorriso algo doentio, enrubesceu e me lançou um olhar estranho. Sentia-me doente; apressei-me para sair, escafeder-me.

— Espere — ela disse de repente, já no saguão, à porta, detendo-me com a mão no capote; colocou a vela no chão, precipitadamente, e saiu correndo; pelo visto, lembrara-se de algo, que queria trazer para me mostrar. Ao correr, ficou toda corada, seus olhos brilhavam, um sorriso se mostrava nos lábios: o que era aquilo? Esperei a contragosto; ela regressou em um minuto, com um olhar que parecia pedir perdão por alguma coisa. No geral, não se tratava mais do mesmo rosto nem do mesmo olhar de há pouco, lúgubre, desconfiado e obstinado. Agora seu olhar era suplicante, suave e, além disso, crédulo, carinhoso, tímido. Assim as crianças olham para aqueles que amam muito ou a quem pedem algo. Seus olhos eram castanho-claros, olhos maravilhosos, vivos, capazes de refletir o amor e o ódio soturno.

Sem me explicar nada — como se eu, na qualidade de criatura superior, devesse saber de tudo sem explicações —, ela me entregou um papelzinho. Nesse momento, todo o seu rosto se irradiou com a mais ingênua solenidade, quase infantil. Abri. Era uma carta para ela, de um estudante de medicina ou algo do gênero: uma declaração de amor bastante empolada, floreada, mas excepcionalmente respeitosa. Não me recordo agora das expressões, mas me lembro muito bem que, por detrás do estilo elevado, transparecia um sentimento verdadeiro, que não dá para falsificar. Ao acabar de ler, encontrei um olhar ardente, curioso e de impaciência infantil. Ela cravara os olhos no meu rosto e aguardava com impaciência: o que eu diria? Em algumas palavras rápidas, porém com certa alegria, e como que se orgulhando, explicou-me que estivera em uma festa dançante em uma casa de família, de "gente muito, muito boa, *gente de família*, e onde *ainda não sabiam de nada*, absolutamente de nada", pois tinha acabado de chegar e, mesmo assim… não se decidira ainda a ficar e partiria sem falta, assim que tivesse pagado a dívida… "Bem, lá também estava esse estudante, que passara a noite inteira dançando com ela, falando com ela, e descobriu-se que, ainda em Riga, ainda em criança, ele a conhecera, tinham brincado juntos, só que fazia muito tempo, e conhecia até os pais dela, só que *daquilo* ele não sabia nada-nada-nada, nem desconfiava! E eis que no dia seguinte às danças (três dias antes), ele lhe enviara, através de uma amiga com a qual ela fora à festa, aquela carta… e… é tudo."

Baixou os olhos cintilantes de forma algo envergonhada ao fim do relato.

Pobrezinha, guardava a carta daquele estudante como um tesouro e fora correndo até seu único tesouro por não querer que eu partisse sem saber que era amada de forma honrada e verdadeira, e que lhe falavam com respeito. Provavelmente aquela carta estava destinada a jazer em um porta-joias, sem consequência. Mas dava na mesma; tenho certeza de que ela a guardaria a vida inteira como um tesouro, como um orgulho seu e uma justificativa, e naquele instante se lembrara dessa carta e a trouxera para ingenuamente se orgulhar diante de mim, apresentá-la a meus olhos para que eu a visse, para que eu a elogiasse. Não disse nada, apertei sua mão e saí. Tinha tanta vontade de ir embora... Percorri o caminho inteiro a pé, apesar da neve úmida continuar caindo aos flocos. Estava extenuado, esmagado, perplexo. A verdade, porém, já reluzia por detrás da perplexidade. Uma verdade torpe!

VIII.

Aliás, não concordei logo em admitir essa verdade. Ao acordar pela manhã, depois de algumas horas de sono profundo, de chumbo, e compreendendo de imediato tudo que ocorrera na véspera, cheguei a me espantar com meu *sentimentalismo* com Liza, com todos aqueles "horrores e piedades de ontem". "Afinal tive um ataque de nervos, coisa de mulher, arre!", decidi. "E por que fui lhe impingir meu endereço? E se ela vier? A propósito, que seja, que venha; não é nada..." Porém, *evidentemente*, a questão principal e mais importante de agora não era essa: era preciso me apressar e, a qualquer custo, salvar o quanto antes minha reputação aos olhos de Zverkov e Símonov. Isso era o principal. De Liza, naquela manhã, cheguei a me esquecer completamente, de tão atarefado.

Antes de tudo, era preciso quitar sem demora a dívida da véspera com Símonov. Decidi-me por um meio desesperado: tomar todos os quinze rublos emprestados de Anton Antônovitch.[27] Como que de propósito, naquela manhã ele

27 Antônytch, como vinha sendo escrito até então, é uma forma abreviada, mais coloquial, do patronímico Antônovitch.

estava de humor maravilhoso, emprestando de imediato, ao primeiro pedido. Isso me deixou tão feliz que, ao redigir o recibo, com ar temerário, informei-lhe *com desdém* que, na véspera, "farreara com uns amigos no Hôtel de Paris: era a despedida de um colega, até se poderia dizer que um amigo de infância e, sabe, é um grande pândego, um mimado, mas, obviamente, de boa família, posição importante, carreira brilhante, espirituoso, encantador, tem intrigas com umas damas, entende: tomamos uma 'meia dúzia' a mais e...". E mais nada; afirmei isso tudo com muita leveza, desembaraço e autossuficiência.

Ao chegar em casa, escrevi sem demora a Símonov.

Até agora me admiro ao recordar o tom franco de gentleman, bonachão e aberto, de minha carta. Hábil, nobre e, principalmente, sem quaisquer palavras supérfluas, assumi a culpa por tudo. Justifiquei-me, "se ainda for lícito me justificar", por minha completa falta de costume etílico, tendo me embebedado ao primeiro cálice, (que teria) bebido antes deles, quando os aguardava no Hôtel de Paris, das cinco às seis horas. Pedia desculpas principalmente a Símonov; pedia-lhe que transmitisse minhas explicações a todos os outros, especialmente a Zverkov, que, "pelo que me lembro, como que através de um sonho", eu parecia ter insultado. Acrescentava que teria ido à casa de todos, mas estava com dor de cabeça, e o pior de tudo era a vergonha. Fiquei especialmente satisfeito com "certa leveza", quase desdém (aliás, totalmente a propósito), que de repente emanava de minha caneta e, melhor que todas as razões possíveis, dava-lhes logo a entender que eu encarava "toda aquela nojeira da véspera" de forma bastante independente; não fiquei de jeito nem maneira arrasado, como os senhores provavelmente achavam, mas, pelo contrário, encarava aquilo como devia encarar um gentleman com sereno respeito por si mesmo. Como dizem: o que está feito, está feito.

— E não tem até uma coisa lúdica, de marquês? — admirava-me, relendo a nota. — Tudo isso porque sou uma pessoa evoluída e instruída! Um outro, no meu lugar, não saberia como sair do apuro, mas eu escapei e vou farrear de novo, tudo isso porque sou "uma pessoa instruída e evoluída de nosso tempo". E, na verdade, talvez tudo isso tenha acontecido ontem por causa do álcool. Hum... mas não, não foi o álcool. Não tomei vodca alguma das cinco às seis, enquanto os aguardava. Mentia a Símonov; mentia sem pudor; e nem assim tinha vergonha...

Aliás, não me importo! O principal é que me safei.

Coloquei seis rublos na carta, lacrei e pedi a Apollon que a levasse a Símonov. Sabendo que havia dinheiro na carta, Apollon ficou mais respeitoso e concordou em ir. À noite, saí para passear. Minha cabeça ainda doía e rodava por causa da véspera. Porém, quanto mais a noite avançava e o crepúsculo se adensava, mais mudavam e se embaralhavam minhas impressões e, com elas, as ideias. Algo não morria no meu interior, no fundo do coração e da consciência, não queria morrer e se exprimia por meio de uma angústia cruciante. Vagava principalmente pelas ruas mais apinhadas e comerciais, pela Meschânskaia, pela Sadôvaia, perto do Jardim de Iussúpov. Sempre gostei particularmente de perambular por essas ruas ao crepúsculo, justo quando se adensa a multidão de passantes, comerciantes e artesãos, de rostos preocupados ao ponto da cólera, voltando para casa depois da jornada de trabalho. Agradava-me justamente esse rebuliço mesquinho, esse prosaico insolente. Dessa vez, todo esse aperto na rua me irritou ainda mais. Não conseguia me controlar, achar um fim. Algo se erguia, se erguia, sem cessar, dolorosamente, e não queria sossegar. Voltei para casa totalmente transtornado. Como se levasse algum crime na alma.

Atormentava-me o tempo todo a ideia de que Liza viria. Achava estranho que, de todas as lembranças da véspera, a lembrança dela fosse a que me atormentasse especialmente. De todo o resto eu já tinha conseguido me esquecer à noite, com um abano de mão, e ficara totalmente satisfeito com minha carta para Símonov. Só com isso eu não estava satisfeito. Como se Liza fosse meu único tormento. "Então, e se ela vier?", pensava eu, sem cessar. "E daí, não é nada, pois que venha. Hum. Só vai ser ruim ela ver, por exemplo, como eu vivo. Ontem me mostrei na frente dela... como um herói... e agora, hum! Aliás, é muito ruim ter me desleixado tanto. Esse apartamento é simplesmente uma indigência. E fui decidir sair para jantar ontem com aquela roupa! E esse meu sofá de oleado, com o enchimento saltando para fora! E o meu roupão, que não cobre nada! Que farrapos... E ela vai ver tudo, e também vai ver Apollon. Esse animal provavelmente vai insultá-la. Vai destratá-la para me fazer uma grosseria. E eu, como de hábito, vou me acovardar, começar a trotar na sua frente, a me cobrir com as abas do roupão, a rir, a mentir. Ui, que indecência! E essa nem é a principal indecência. Há ainda uma maior, mais torpe, mais vulgar! Sim, mais vulgar! Novamente, sim, novamente colocar essa infame máscara de mentira!..."

Ao chegar a essa ideia, explodi: "Por que infame? Infame no quê? Ontem falei com franqueza. Lembro-me de que havia um sentimento verdadeiro em mim. Queria justamente despertar nela sentimentos nobres... se ela chorou, foi bom, terá um efeito benéfico...".

Só que nem assim havia jeito de eu me acalmar.

Por toda essa noite, quando eu já estava de volta em casa, já depois das nove horas, quando, pelas minhas contas, Liza não tinha como vir, ainda assim ela me aparecia e, principalmente, vinha à minha lembrança sempre na mesma posição. De tudo que acontecera na véspera, um momento em particular me ocorria com especial intensidade: quando iluminei o quarto com o fósforo e avistei sua cara pálida e torta, com olhar de mártir. Que riso penoso, artificial e torto ela tinha naquele minuto! Só que eu ainda não sabia que, quinze anos depois, ainda continuaria a imaginar Liza justo com o sorriso torto e desnecessário que tinha naquele minuto.

No dia seguinte, já estava de novo pronto para considerar tudo isso uma bobagem, uma estrepolia dos nervos e, principalmente, *um exagero*. Sempre considerei esse o meu ponto fraco, por vezes temendo-o bastante: "exagero tudo, e aí é que eu me complico", repetia para mim mesmo, a toda hora. Mas, em compensação, "em compensação Liza deve vir assim mesmo" — esse era o refrão que concluía todos os meus raciocínios de então. Ficava tão intranquilo que chegava às vezes à fúria. "Venha! Venha sem falta", exclamava eu, correndo pelo quarto, "não hoje, talvez amanhã, mas vai aparecer! E aquele maldito romantismo de todos esses *corações puros*! Oh, torpeza, oh, estupidez, oh, mediocridade dessas 'intragáveis almas sentimentais'! Bem, como não entender, como seria possível, parece-me, não entender?..." Mas daí me detinha, presa de grande aflição.

"E como são poucas, poucas", pensava eu, de passagem, "as palavras necessárias, o idílio necessário (e um idílio ainda por cima afetado, livresco, montado) para imediatamente revirar toda uma alma humana a meu bel-prazer. Isso é que é solo fresco!"

Por vezes me vinha a ideia de ir até ela, "contar-lhe tudo" e pedir que não viesse à minha casa. Porém, a essa ideia, erguia-se em mim tamanho ódio que tinha a impressão de que, se essa "maldita" Liza de repente aparecesse perto de mim, eu a esmagaria, a insultaria, cuspiria nela, a expulsaria, bateria nela!

Passou, entretanto, um dia, dois, três, ela não veio, e comecei a me acalmar. Ficava especialmente animado e alegre depois das nove horas, e de vez em quando até começava a ter sonhos bastante doces: "Por exemplo, salvo Liza justamente por ela vir aqui e eu lhe falar... Eu a instruo, eu a educo. Por fim, noto que ela me ama, ama-me com paixão. Finjo não compreender (aliás, não sei por que finjo; bem, provavelmente para deixar mais belo). Por fim, toda aflita, maravilhosa, tremendo e soluçando, ela se lança a meus pés e diz que sou seu salvador e que me ama acima de tudo no mundo. Fico atônito, porém... 'Liza', digo, 'será que você pensa que eu não reparei no seu amor? Vi tudo, adivinhei, mas não ousava atentar contra o seu coração, primeiro, por ter influência sobre você e temer que, por gratidão, você se obrigasse a responder ao meu amor, forçando-se a suscitar um sentimento que talvez não existisse, e eu não queria isso, pois se trata de... despotismo... Isso é indelicado (bem, em suma, eu me embrulhava em alguma fineza europeia, à la George Sand, de inefável nobreza...). Mas agora, agora você me pertence, você é minha criação, você é pura, maravilhosa, você é minha maravilhosa esposa.

'Na minha casa, ousada e livre,
Entra como a absoluta senhora!'"[28]

Daí começamos a levar nossa vida, vamos para o exterior etc. etc. Em suma, ficava vil até para mim, e eu terminava mostrando a língua para mim mesmo.

"Mas nem vão deixar a 'patife' sair!", pensava eu. "Parece que não a deixam passear muito, ainda mais à noite (por algum motivo, eu achava que ela viria sem falta à noite, às sete em ponto). Aliás, ela disse que não fora escravizada por completo, que tinha direitos especiais; quer dizer, hum! Que diabo, ela vem, vem sem falta!"

28 Últimos versos do poema de Nekrássov citado como epígrafe no começo da segunda parte deste livro.

Foi bom, ainda, que Apollon me distraísse nessa época com suas grosserias. Estava acabando com o que me restava de paciência! Era a minha chaga, um flagelo enviado pela providência. Vínhamos em constante duelo verbal, por anos seguidos, e eu o odiava. Meu Deus, como eu o odiava! Acho que nunca odiei tanto alguém na vida como ele, especialmente em alguns momentos. Era um homem de meia-idade, sobranceiro, alfaiate por meio período. Porém, por motivo desconhecido, desprezava-me para além dos limites, e me olhava com uma altivez insuportável. Aliás, olhava para todos com altivez. Bastava ver aquela cabeça loira, bem penteada, aquele topete armado sobre a testa e untado com azeite, aquela boca sólida, sempre em forma de *íjitza*,[29] e os senhores já se sentiriam diante de uma criatura que não duvidava de si em nada. Era pedante no mais alto grau, o maior pedante que conheci; além disso, de um amor-próprio que talvez só fosse digno de Alexandre da Macedônia. Era apaixonado por cada um de seus botões, por cada uma de suas unhas, infalivelmente enamorado, assim parecia! Tratava-me com absoluto despotismo, dirigia-me a palavra extraordinariamente pouco e, se calhava de me dirigir o olhar, esse olhar era duro, de uma autoconfiança majestosa e constantemente zombeteiro, levando-me às vezes à ira. Cumpria seus deveres com o ar de quem estava me fazendo o maior dos favores. Aliás, quase não fazia nada por mim, não se considerando com obrigação nenhuma em fazê-lo. Não podia haver dúvida de que me achava o maior tolo do mundo e, se "me mantinha junto a si", era unicamente porque devia receber de mim, a cada mês, um salário. Concordava em "não fazer nada" por mim por sete rublos por mês. Por causa dele, muitos de meus pecados serão perdoados. O ódio por vezes chegava

29 Isto é, triangular (a *íjitza* era a última letra do antigo alfabeto eclesiástico russo, e tinha o som de *i*).

a um ponto que apenas seu caminhar me deixava prestes a ter convulsões. Mas o que me deixava especialmente enojado era o seu falar chiado. Tinha a língua um pouco mais comprida do que o devido, ou algo do gênero, que o fazia ciciar e chiar o tempo todo e, ao que parece, orgulhava-se terrivelmente disso, imaginando que lhe conferia uma dignidade extraordinária. Falava baixo, comedido, com as mãos para trás e os olhos no chão. Deixava-me particularmente irritado quando se punha a ler o Livro dos Salmos para si, por detrás do tabique. Suportei muitas batalhas por causa dessa leitura. Só que ele gostava terrivelmente de ler à noite, em voz baixa e regular, arrastando as palavras, como uma oração fúnebre. É curioso que tenha acabado assim: hoje se ocupa de ler o Livro dos Salmos para os mortos e, além disso, extermina ratazanas e faz graxa para sapatos. Naquela época, porém, eu não podia expulsá-lo, como se ele estivesse quimicamente unido à minha existência. Além disso, ele não concordaria em sair da minha casa por nada. Eu não precisava morar em *chambres-garnies*:[30] meu apartamento era minha mansão, minha casca, o estojo em que me escondia de toda a humanidade, e Apollon, sabe o diabo por que razão, parecia-me pertencer àquele apartamento, e por sete anos inteiros não pude expulsá-lo.

Protelar seu salário, ainda que por dois ou três dias, por exemplo, era impossível. Ele aprontaria uma história tal que eu não saberia onde me meter. Naqueles dias, porém, encontrava-me tão exasperado com todos que resolvi, por algum motivo, *castigar* Apollon e não lhe pagar o salário por duas semanas. Já me preparava para fazer isso havia tempos, uns dois anos, unicamente para demonstrar-lhe que não devia ousar se fazer de tão importante comigo e que, caso não quisesse, eu sempre poderia não lhe pagar. Decidira não tocar no assunto

30 "Quartos mobiliados", em francês russificado no original.

com ele e até ficar calado de propósito, para derrotar seu orgulho e forçá-lo a ser o primeiro a falar do salário. Então tiraria da gaveta sete rublos, mostraria que os tinha e estavam separados de caso pensado, só que "não quero, não quero, simplesmente não quero lhe pagar o salário, não quero porque é *meu desejo*", porque essa é "minha vontade de senhor", por ele ser desrespeitoso, por ele ser grosseiro; porém, caso ele pedisse com respeito, talvez eu me abrandasse e pagasse; se assim não fosse, esperaria duas semanas, três, um mês inteiro...

Porém, por maior que fosse meu desagrado, ele é que venceu. No quarto dia eu não aguentava mais. Ele começou do jeito que sempre começava nesse tipo de caso, pois esse tipo de caso já tinha ocorrido, justamente me pondo à prova (e devo observar que eu já sabia disso tudo com antecedência, conhecia de cor sua tática infame): começava por me dirigir um olhar excepcionalmente severo, que não desviava por alguns minutos, especialmente ao me encontrar ou se despedir de mim. Se, por exemplo, eu resistia e fazia de conta que não reparava nesses olhares, ele, tão calado quanto antes, procedia aos suplícios subsequentes. De repente, sem quê nem por quê, andava suave e silenciosamente até o meu quarto, quando eu estava caminhando ou lendo, parava perto da porta, colocava uma mão para trás, afastava um pé e me dirigia o olhar, que não, não era severo, mas de desprezo absoluto. Caso eu, de repente, perguntasse o que ele queria, não responderia nada, continuando a me fitar obstinadamente por alguns segundos, depois, apertando os lábios de certo modo, com ar significativo, virava-se lentamente e partia devagar para o seu quarto. Duas horas depois, voltava a entrar e a surgir na minha frente do mesmo jeito. Acontecia que, em meu furor, eu já não lhe perguntava o que queria, simplesmente erguendo a cabeça de forma brusca e imperiosa, e também passava a fitá-lo obstinadamente. Ficávamos nos encarando desse jeito por dois minutos; por fim, ele se virava, lento e altivo, e voltava a sair por duas horas.

Se nem com isso tudo eu me persuadisse e continuasse minha rebeldia, ele de repente começaria a suspirar na minha cara, suspirar de forma longa e profunda, como se medisse com cada um desses suspiros a profundidade de minha queda moral e, obviamente, sempre terminava por triunfar por completo: eu me encolerizava, gritava mas assim mesmo era coagido a cumprir o que estava em questão.

Dessa vez, mal começaram as habituais manobras dos "olhares severos", eu saí de mim imediatamente e caí em cima dele, irado. Afinal, já estava bastante irritado por outras razões.

— Pare! — gritei, frenético, quando ele se virou devagar e em silêncio, com uma mão para trás, encaminhando-se para o seu quarto. — Pare! Volte, volte, estou falando com você!

Devo ter rugido de forma bem pouco natural, pois ele se virou e passou a me olhar até com certo espanto. Seguiu, a propósito, sem proferir palavra, o que me agastava.

— Como você ousa vir até mim sem ser chamado e me olhar desse jeito? Responda!

Porém, fitando-me tranquilo na penumbra, ele voltou a se virar.

— Pare! — rugi e corri atrás dele. — Não saia do lugar! Assim. Agora responda: você veio olhar o quê?

— Se nesse instante o senhor tiver alguma ordem, é meu dever cumpri-la — respondeu, ciciando em voz baixa e comedida, erguendo as sobrancelhas, levando a cabeça tranquilamente de um ombro a outro e voltando a se calar: tudo isso com uma tranquilidade horripilante.

— Não é isso, não é isso que estou perguntando, seu carrasco! — gritei, tremendo de raiva. — Eu mesmo vou lhe dizer, seu carrasco, para que você veio aqui: está vendo que eu não lhe pago o salário, por orgulho não quer se rebaixar e pedir e, por causa disso, vem me castigar com esses olhares estúpidos, me atormentar, e não de-e-esconfia, seu carrasco, que isso é estúpido, estúpido, estúpido, estúpido, estúpido!

Estava para se virar de novo, em silêncio, mas eu o detive.

— Escute — gritei. — O dinheiro está aqui, veja; aqui! (Tirei-o da mesinha.) Os sete rublos, só que você não vai receber, não vai re-e-e-ceber até que venha, com respeito, de cabeça baixa, me pedir perdão. Ouviu?

— Isso não pode ser! — respondeu, com uma autoconfiança artificial.

— Será! — gritei. — Dou-lhe minha palavra de honra de que será!

— Não tenho por que lhe pedir perdão — ele prosseguiu, como se não tivesse notado de jeito nenhum meus gritos —, pois foi o senhor que me xingou de "carrasco", ofensa pela qual sempre posso ir à polícia do quarteirão prestar queixa.

— Vá! Preste! — rugi. — Vá agora, nesse minuto, nesse segundo! E mesmo assim você é um carrasco! Carrasco! Carrasco! — Ele, porém, só fez me olhar para depois se virar e, sem mais ouvir meus gritos de apelo, encaminhou-se suavemente para seu quarto, sem se voltar.

"Se não fosse a Liza, não haveria nada disso!", decidi comigo mesmo. Depois de um minuto parado, dirigi-me a ele, atrás do tabique, altivo e solene, mas devagar, e com o coração batendo forte.

— Apollon! — falei baixo e pausado, porém arquejante. — Vá agora mesmo, sem demora, atrás do inspetor de quarteirão!

Enquanto isso, ele já se sentara à mesa, pusera os óculos e pegara algo para costurar. Porém, ao ouvir minha ordem, bufou e riu.

— Agora, nesse minuto, vá! Vá, vá, ou você não imagina o que vai ser!

— O senhor efetivamente não está no seu juízo — notou, sem sequer levantar a cabeça, ciciando devagar e prosseguindo a enfiar a linha. — Onde é que já se viu uma pessoa ir à delegacia dar queixa de si mesma? No que tange ao medo, o senhor está se esgoelando à toa, pois nada acontecerá.

— Vá! — eu gania, agarrando-o pelo ombro. Tinha ganas de bater nele.

Só que eu não tinha ouvido que, naquele instante, a porta do saguão se abrira devagar e sem ruído e um vulto entrara, detivera-se e passara a nos fitar, perplexo. Olhei, morri de vergonha e me precipitei para o meu quarto. Lá, agarrando os cabelos com ambas as mãos, encostei a cabeça na parede e fiquei paralisado nessa posição.

Dois minutos depois, ressoaram os passos lentos de Apollon.

— Tem *uma aí* perguntando pelo senhor — disse ele, olhando-me com especial severidade, para depois se apartar e dar passagem a Liza. Não queria ir embora, examinando-nos com ar zombeteiro.

— Fora! Fora! — ordenei, perdendo o controle. Nesse instante, meu relógio fez um esforço, chiou e bateu as sete.

IX.

Na minha casa, ousada e livre,
Entra como a absoluta senhora!

Da mesma poesia

Eu estava diante dela mortificado, envergonhado, asquerosamente embaraçado e, ao que parece, rindo, tentando com todas as forças me cobrir com as abas de meu roupãozinho felpudo de algodão, exatamente como ainda há pouco imaginara, em desânimo. Depois de ficar dois minutos na nossa frente, Apollon se foi, o que não me aliviou em nada. O pior de tudo é que ela, de repente, também ficou embaraçada, e a um ponto que eu mesmo não esperava. Obviamente, olhava para mim.

— Sente-se — eu disse, maquinalmente, empurrando-lhe a cadeira ao lado da mesa, enquanto me sentava no sofá. Obediente, ela logo se sentou, fitando-me com os olhos bem abertos e, pelo visto, esperando algo de mim. Essa ingenuidade também me levava ao furor, mas me contive.

Deveria tentar não reparar em nada, como se tudo estivesse normal, só que ela... Tinha uma sensação vaga de que ela me pagaria caro *por tudo aquilo*.

— Você me surpreendeu em uma situação estranha, Liza — comecei, gaguejando e sabendo que era justamente esse o jeito que não devia começar. — Não, não, não ache nada! — gritei, ao ver que ela tinha corado de repente. — Não me envergonho da minha pobreza. Pelo contrário, encaro-a com orgulho. Sou pobre, porém tenho nobreza... É possível ser pobre e ter nobreza — balbuciei. — A propósito... quer chá?

— Não... — ela quis começar.

— Espere!

Levantei-me de um salto e fui correndo até Apollon. Afinal, precisava sumir em algum lugar.

— Apollon — sussurrei, em fala rápida e febril, largando diante dele os sete rublos que conservara em meu punho o tempo todo —, esse é o seu salário; veja, estou pagando; mas, por isso, você tem que me salvar: traga sem demora da taverna chá e dez torradas. Se não quiser ir, vai fazer a infelicidade de uma pessoa! Você não sabe como é essa mulher... Isso é tudo! Pode ser que encontre alguma coisa... Mas você não sabe como é essa mulher!...

Apollon, já sentado, ao trabalho, e novamente de óculos, incialmente, sem largar a agulha, olhou de viés para o dinheiro; depois, sem prestar a menor atenção em mim nem me responder, continuou a se dedicar à linha, que ainda enfiava na agulha. Esperei três minutos, parado, na sua frente, com os braços *à la Napoléon*. Minhas têmporas estavam molhadas de suor; estava pálido, podia sentir. Porém, graças a Deus, ao olhar para mim, ele com certeza ficou com pena. Ao terminar com a linha, soergueu-se devagar, afastou a cadeira devagar, tirou os óculos devagar, contou o dinheiro devagar e, por fim, perguntou-me por cima do ombro: devo pegar meia porção? Saiu do quarto devagar. Ao regressar para Liza, outra coisa me ocorreu: não sair correndo daquele jeito, de roupãozinho, para onde desse na telha, haja o que houver. Voltei a me sentar. Ela me fitava, intranquila. Ficamos em silêncio por alguns minutos.

— Eu o mato! — gritei, de repente, dando na mesa com o punho com tamanha força que a tinta do tinteiro derramou.

— Ah, o que é isso? — ela gritou, trêmula.

— Eu mato, mato! — gania eu, batendo na mesa, em total furor e, ao mesmo tempo, compreendendo totalmente como aquele furor era estúpido. — Você não sabe, Liza, o que esse carrasco faz comigo. É o meu carrasco... Agora foi atrás de torrada; ele...

E de repente me debulhei em lágrimas. Era um ataque. Como senti vergonha em meio aos soluços; mas não conseguia me segurar. Ela se assustou.

— O que o senhor tem? O que o senhor tem? — gritava, agitando-se perto de mim.

— Água, dê-me água, está lá! — balbuciei, com voz débil, reconhecendo para mim mesmo, a propósito, que poderia passar muito bem sem água e sem balbuciar com voz débil. Só que eu, como direi, *representava* para salvar o decoro, embora o ataque fosse real.

Ela me deu água, fitando-me como que desnorteada. Nesse instante, Apollon trouxe o chá. Tive de repente a impressão de que aquele chá corriqueiro e prosaico era terrivelmente indecente e mísero depois de tudo que houvera, e enrubesci. Liza olhou para Apollon até assustada. Ele saiu sem nos fitar.

— Liza, você me despreza? — eu disse, encarando-a obstinadamente, tremendo de impaciência para saber sua opinião.

Ela ficou embaraçada e não ousou responder.

— Tome chá! — afirmei, com raiva. Estava zangado comigo mesmo mas, obviamente, tinha que sobrar para ela. De repente, uma raiva contra ela fervilhava em meu coração; tinha a impressão de que a mataria. Para me vingar, jurei mentalmente não lhe dirigir a palavra. "Pois ela é a causa disso tudo", pensei.

O silêncio já se prolongava por cinco minutos. O chá jazia na mesa; não tocamos nele; cheguei a ponto de não querer começar a beber de propósito, para constrangê-la ainda mais; ela estava sem jeito de ser a primeira a beber. Fitou-me algumas vezes, com triste perplexidade. Eu prosseguia em silêncio obstinado. Claro que o principal mártir era eu mesmo, pois reconhecia toda a asquerosa baixeza da minha estupidez irada e, ao mesmo tempo, não tinha como me conter.

— Quero... ir embora... de lá... de uma vez por todas — começou ela, para romper o silêncio de alguma forma, mas, coitada! Era exatamente sobre isso que não se devia falar numa hora como aquela, por si só tão estúpida, e a uma pessoa tão estúpida como eu. Até o meu coração doeu de pena de sua franqueza inábil e desnecessária. Porém, algo de indecoroso imediatamente esmagou toda a pena; até me espicaçou mais: o mundo que se acabe! Passaram-se mais cinco minutos.

— Por acaso estou incomodando? — começou ela, tímida, quase inaudível, e se pôs a se levantar.

Mas bastou eu avistar esse primeiro arroubo de dignidade ofendida para chegar a tremer de raiva, explodindo de imediato.

— Diga-me, por favor, para que você veio aqui? — comecei, arquejante e até sem levar em conta a ordem lógica das minhas palavras. Queria dizer tudo de uma vez, de um jorro; nem cuidava por onde começaria. — Por que você veio? Responda!

Responda! — eu gritava, quase fora de mim. — Vou lhe dizer, queridinha, por que veio. Você veio porque aquela vez eu lhe disse *palavras piedosas.*[31] Pois bem, você ficou enternecida e com vontade de mais "palavras piedosas". Pois fique sabendo que, aquela vez, eu estava era rindo de você. E estou rindo de novo. Por que está tremendo? Sim, rindo! Antes daquilo fui ofendido, no jantar, por aqueles que chegaram antes de mim. Fui até lá para dar uma sova em um deles, um oficial; mas não consegui, não o encontrei; tinha que descarregar a ofensa em alguém, ser recompensado, você apareceu, despejei minha raiva em cima de você e ri. Humilharam-me, então eu também queria humilhar; reduziram-me a trapos, então eu queria demonstrar poder... Foi isso que aconteceu, e você achando que eu fui até lá especialmente para salvá-la, hein? Você achava isso? Você achava isso?

Sabia que ela talvez estivesse confusa e não recordasse os detalhes; mas também sabia que se lembrava perfeitamente do essencial. E assim foi. Ficou pálida como um lençol, quis dizer alguma coisa, seus lábios se retorceram, doentios; porém caiu na cadeira, como se tivesse sido cortada por um machado. Depois, durante o tempo todo em que me escutava, tremia de um pavor horrendo, de boca e olhos abertos. O cinismo, o cinismo de minhas palavras a esmagava...

— Salvar! — prossegui, saltando da cadeira e correndo diante dela no aposento, para a frente e para trás. — Salvar de quê? E eu ainda posso ser pior do que você. Por que então você não me jogou na cara, quando eu estava lhe fazendo o sermão: "E você, diga, veio para cá para quê? Por acaso para pregar moral?". Poder, poder é do que eu necessitava então, necessitava do jogo, necessitava conseguir as suas lágrimas, a sua humilhação,

31 Citação do romance *Oblómov* (1859), de Gontcharov: assim o personagem Zakhar se refere aos sermões edificantes de seu patrão.

a sua histeria, é disso que eu necessitava! Eu mesmo não me aguentei, porque sou sujo, assustei-me e, sabe-se lá por que diabo, acabei lhe dando meu endereço, de bobeira. Logo depois, antes ainda de chegar em casa, eu a estava xingando de tudo que há no mundo por causa desse endereço. Já a odiava por ter mentido a você. Pois só queria brincar com as palavras, sonhar em minha cabeça, e, na realidade, sabe do que preciso? Que vocês se acabem, é isso. Preciso de sossego. E para que não me perturbem, venderia agora mesmo o mundo inteiro por um copeque. O mundo deve acabar ou devo tomar meu chá? Digo que o mundo deve acabar, para que eu sempre tome meu chá. Você sabia disso ou não? Bem, mas eu sei que sou um pulha, um canalha, um egoísta, um preguiçoso. Assim, fiquei três dias tremendo de medo de que você viesse. Sabe o que mais me preocupou nesses três dias? Que, naquela ocasião, eu havia surgido como um herói na sua frente, e que, agora, você de repente me veria no meu roupãozinho rasgado, miserável, nojento. Há pouco lhe disse que não me envergonho da minha pobreza; pois fique sabendo que me envergonho, envergonho-me acima de tudo, é o meu pior temor, pior do que se roubasse, pois sou vaidoso como se tivessem me arrancado a pele, e o ar sozinho me causasse dor. Mas será que nem agora você adivinhou que jamais vou perdoá-la por ter me pegado com esse roupãozinho, quando eu estava me atirando em cima do Apollon como um cão raivoso? O ressuscitador, o antigo herói, atira-se, como um vira-lata desgrenhado e tinhoso, em cima de seu lacaio, que se ri dele! Também pelas lágrimas que há pouco, como uma mulher envergonhada, não consegui conter, jamais vou perdoá-la! Por tudo aquilo que agora estou admitindo a você, também jamais vou perdoá-*la*! Sim, você, você tem que responder por tudo isso sozinha, por ter aparecido assim, por eu ser um pulha, por eu ser o mais asqueroso, ridículo, mesquinho, estúpido, odioso de todos os vermes da terra, que não são em nada melhores do que eu mas que, sabe o diabo por quê, jamais ficam embaraçados; enquanto eu, por toda minha vida, vou receber piparotes de qualquer lêndea — essa é uma característica minha! E o que tenho a ver se você não entende nada disso? E o que tenho, pois bem, o que tenho a ver com você e com o fato de você estar ou não se arruinando naquele lugar? Agora você entende que, depois de dizer isso, vou odiá-la por ter ficado aí, escutando? Pois uma pessoa só se expressa assim uma vez na vida, e quando está histérica!... O que quer ainda? Depois disso tudo, por que fica aí plantada na minha frente, me atormentando, e não vai embora?

Mas então se produziu, de repente, uma estranha circunstância.

Eu estava tão habituado a pensar e imaginar tudo como nos livros, e ver tudo no mundo como havia fabricado nos sonhos, que não entendi imediatamente aquela estranha circunstância. Acontecera o seguinte: Liza, ofendida e esmagada por mim, entendeu muito mais do que eu imaginava. De tudo aquilo, compreendera o que a mulher compreende antes de tudo, se seu amor é franco: que eu era infeliz.

A sensação de susto e ofensa em seu rosto deu lugar, inicialmente, a uma perplexidade amargurada. Quando comecei a me chamar de canalha e pulha, e minhas lágrimas correram (proferi toda essa tirada entre lágrimas), todo o seu rosto foi percorrido por uma convulsão. Quis levantar-se, deter-me; quando terminei, não prestou atenção em meus gritos de "por que você está aqui, por que não vai embora!", mas sim no quanto devia ter sido muito difícil para mim dizer aquilo tudo. Estava muito amedrontada, coitada: considerava-se infinitamente inferior a mim; como poderia se enfurecer, se ofender? Levantou-se de repente da cadeira, em um impulso irresistível, e, precipitando-se toda para mim, mas ainda tímida e sem ousar sair do lugar, estendeu-me os braços... Daí meu coração revirou. Então ela se atirou de repente na minha direção, enlaçou meu pescoço e se pôs a chorar. Também não me contive e me desfiz em pranto, como jamais havia acontecido...

— Não me deixam... Eu não posso ser... bom! — mal consegui pronunciar, depois fui até o sofá, onde caí de bruços, passando um quarto de hora soluçando, em autêntica histeria. Ela se apertou contra mim, abraçou-me e ficou como que paralisada nesse abraço.

Mas, mesmo assim, a questão era que a histeria tinha que passar. Então (estou escrevendo uma verdade asquerosa), deitado de bruços no sofá, com a cara enfiada com força na minha imunda almofada de couro, comecei a sentir, aos poucos, de longe, mas irresistivelmente, que agora seria embaraçoso levantar a cabeça e olhar direto nos olhos de Liza. Do que eu tinha vergonha? Não sei, mas tinha. Também passou por minha cabeça perturbada que os papéis, agora, haviam se invertido completamente, que agora ela era a heroína, enquanto eu era uma criatura tão humilhada e esmagada quanto ela fora naquela noite, quatro dias antes... Tudo isso me ocorreu ainda naqueles instantes em que estava de bruços no sofá!

Meu Deus! Será então que eu a invejava?

Não sei, até hoje não consegui decidir, e claro que, na ocasião, conseguia entender menos ainda do que agora. Pois não consigo viver sem exercer poder e tirania contra alguém... Porém... porém nada se explica com o raciocínio e, consequentemente, não há motivo para raciocinar.

Entretanto, venci a mim mesmo e ergui a cabeça: era necessário levantá-la em algum momento... Pois bem, até agora estou seguro de que, exatamente por ter vergonha de olhar para ela, em meu coração de repente se acendeu e se inflamou um outro sentimento... um sentimento de dominação e posse. Meus olhos reluziam de paixão, e apertei suas mãos com força. Como eu a odiava, e como era atraído por ela naquele instante! Um sentimento reforçava o outro. Parecia quase uma vingança!... Em seu rosto refletiu-se primeiro algo como que perplexidade, quase como medo, mas só por um momento. Abraçou-me com entusiasmo e ardor.

X.

Um quarto de hora mais tarde, eu corria para a frente e para trás, no quarto, numa impaciência furiosa, aproximando-me do biombo a cada instante e espiando Liza por uma pequena fresta. Estava sentada no chão, com a cabeça na cama, e devia estar chorando. Só que não ia embora, e isso me irritava. Dessa vez, ela já sabia de tudo. Eu a insultara definitivamente, mas... não há o que contar. Ela adivinhara que meu ataque de paixão tinha sido exatamente uma vingança, uma nova humilhação, e que a meu ódio antigo e quase indefinido fora acrescido agora um ódio *pessoal* contra ela, *invejoso*... Aliás, não garanto que ela tenha entendido tudo isso de forma exata; em compensação, entendeu muito bem que sou um homem abominável e, principalmente, que não estava em condições de amá-la.

Sei que vão me dizer que isso é improvável, é improvável ser tão mau e estúpido como eu; talvez ainda acrescentem que era improvável não a amar ou, pelo menos, não dar valor a esse amor. Por que improvável? Primeiro, eu já não podia amar, pois amar, para mim, significava tiranizar e exercer supremacia moral. Por toda a vida não pude sequer imaginar outro tipo de amor, chegando ao ponto de hoje achar, às vezes, que o amor consiste em conceder ao objeto amado o direito de exercer tirania sobre si. Nos meus sonhos do subsolo, eu também não imaginava o amor como outra coisa senão uma luta que sempre começava com o ódio e terminava com a submissão moral, e depois não conseguia mais imaginar o que fazer com o objeto submetido. E o que há de improvável quando eu já estava tão corrompido do ponto de vista moral, tão desacostumado da "vida viva",[32] que pouco antes pensara em ralhar com ela e envergonhá-la por ter vindo à minha casa para ouvir "palavras piedosas"; mas não adivinhara que ela não tinha vindo para ouvir palavras piedosas, mas sim para me amar, pois, para a mulher, é no amor que se encontra toda a ressurreição, toda a salvação de não importa qual destruição e toda a regeneração, que não tem como se manifestar de outra forma. Aliás, eu já não a odiava tanto ao correr pelo quarto e espiar pela fresta do biombo. Era apenas insuportavelmente duro que ela estivesse ali. Queria que ela desaparecesse. Desejava "tranquilidade", desejava ficar sozinho no subsolo. Por falta de hábito, a "vida viva" me oprimia tanto que era difícil até respirar.

Transcorreram, porém, alguns minutos, e ela ainda não se levantara, como se estivesse desmaiada. Tive o descaramento de bater de leve no biombo, para lembrá-la... Ela estremeceu de repente, saltou do lugar e se precipitou em busca de seu lenço, seu chapéu, peliça, como se fosse escapar de mim... Dois minutos depois, saiu lentamente de trás do biombo e me lançou um olhar grave. Dei um riso raivoso, aliás, forçado, *por decoro*, e desviei de seu olhar.

— Adeus — ela disse, encaminhando-se para a porta.

Corri até ela de repente, agarrei sua mão, abri-a, coloquei... e depois voltei a fechá-la. Logo em seguida, virei-me e dei um pulo até o outro canto, para pelo menos não ver...

Naquele instante, tive vontade de mentir: escrever que tinha feito aquilo sem querer, inconsciente, perdido, de bobeira. Mas não quero mentir e, por isso, digo com franqueza que abri

32 O conceito de "vida viva" estava difundido na literatura e no jornalismo do século XIX. Pode-se julgar o significado dessa ideia em Dostoiévski pelas palavras do personagem Versílov no romance *O adolescente* (1875). Ele diz: "[...] a viva vida, ou seja, não intelectual, nem fabricada [...] deve ser algo terrivelmente simples, o mais ordinário, que se lança à vista a cada dia e a cada instante [...]".

sua mão e coloquei lá... de raiva. Ocorreu-me fazê-lo quando estava correndo pelo quarto, para a frente e para trás, com ela sentada atrás do biombo. Mas o que posso dizer com certeza é que cometi essa crueldade, ainda que deliberada, não por meu coração, mas por minha cabeça ruim. Essa crueldade era tão afetada, tão cerebral, deliberadamente fabricada, *livresca*, que não aguentei um instante; primeiro pulei para o canto, para não ver, depois, envergonhado e desesperado, lancei-me no encalço de Liza. Abri a porta do saguão e me pus a apurar o ouvido.

— Liza! Liza! — gritei para a escadaria, porém hesitante, a meia-voz...

Não houve resposta; tive a impressão de ouvir seus passos nos degraus de baixo.

— Liza! — gritei, mais alto.

Sem resposta. Naquele momento, porém, ouvi de baixo a dura porta envidraçada que dava para a rua abrir-se pesadamente, com um ganido, e se fechar com força. O barulho se ergueu pela escadaria.

Ela havia partido. Regressei para o quarto, refletindo. Sentia um peso horrível.

Parei perto da mesa, ao lado da cadeira em que ela se sentara, e lancei um olhar insensato para a frente. Passou-se um minuto e, de repente, tremi todo: justo na minha frente, em cima da mesa, avistei... em suma, avistei uma nota azul amarrotada de cinco rublos, a mesma que enfiara na mão dela havia instantes. Era *aquela* nota; não podia ser outra; não havia outra na casa. Ela deve ter conseguido jogá-la na mesa no momento em que eu saltei para o outro canto.

E daí? Eu podia esperar que ela faria isso. Podia esperar? Não. Eu era tão egoísta, desrespeitava tanto as pessoas que nem podia imaginar que ela o fizesse. Isso eu não aguentei. Passado um minuto, fui me vestir, feito doido, joguei em cima de mim o que pude pegar às pressas e me precipitei, correndo, atrás dela. Ela não podia ter dado uns duzentos passos quando me pus a correr pela rua.

Estava calmo, a neve caía de forma quase perpendicular, revestindo a calçada e a rua deserta de uma almofada. Não havia passantes, não se ouvia um som. Os lampiões tremeluziam tristes e inúteis. Corri duzentos passos, até o cruzamento, e parei.

"Para onde ela foi? E por que estou correndo atrás dela? Por quê? Desabar na frente dela, soluçar de arrependimento, beijar seus pés, implorar perdão! Eu também queria isso; todo meu peito se desfazia em pedaços, e jamais, jamais recordarei aquele momento com indiferença. Mas para quê?", refletia eu. "Será que não vou odiá-la, amanhã mesmo, talvez, exatamente por ter beijado seus pés hoje? Será que vou lhe proporcionar felicidade? Será que não fiquei sabendo hoje, pela centésima vez, o quanto valho? Será que não vou torturá-la?"

Fiquei parado, na neve, examinando as brumas momentaneamente, e pensando nisso.

"E não será melhor, não será melhor", fantasiava eu, já em casa, depois, abafando com a fantasia a dor vívida em meu coração, "não será melhor se ela carregar o insulto consigo para sempre? O insulto é uma purificação; a consciência mais cáustica e dolorida! Amanhã mesmo eu teria poluído sua alma e fatigado seu coração. O insulto, porém, agora jamais morrerá, e por mais asquerosa que seja a imundície que a espera, o insulto há de elevá-la e purificá-la... pelo ódio... hum... pode ser que também pelo perdão... A propósito, será que tudo isso vai facilitar para ela?"

E, de fato, agora me faço uma pergunta ociosa: o que é melhor, uma felicidade barata ou um sofrimento elevado? Então, o que é melhor?

Isso me vinha à mente quando estava sentado em casa, naquela noite, mal sobrevivendo à dor em minha alma. Jamais suportei tamanho sofrimento e arrependimento; poderia, contudo, haver alguma dúvida, quando saí correndo do apartamento, de que voltaria para casa no meio do caminho? Nunca mais encontrei Liza, nem ouvi falar dela. Aconteceu-me também de ficar muito tempo satisfeito com a *frase* sobre os proveitos do insulto e do ódio, embora naquela oportunidade tenha quase adoecido de angústia.

Mesmo agora, alguns anos depois, tudo isso me vem à memória de um jeito muito ruim. Agora, muita coisa ruim me vem à memória, mas... não é o caso de terminar aqui as "Memórias"? Acho que cometi um erro ao começar a escrevê-las. Pelo menos, tive vergonha durante todo o tempo em que escrevi esta *novela*; portanto, isso não é mais literatura, mas castigo corretivo. Afinal, contar, por exemplo, em longos relatos, como malbaratei minha vida em depravação moral, em um canto, por insuficiência de meios, desacostumando-me da vida e com uma vaidade irada no subsolo, por Deus, nada tem de interessante; um romance precisa de heróis, e aqui estão *deliberadamente* reunidos todos os traços do anti-herói e, principalmente, tudo isso vai causar uma impressão desagradabilíssima, pois todos nós nos desacostumamos da vida, claudicamos todos, uns mais, outros menos. Estamos desacostumados a ponto de sentir, vez ou outra, uma repugnância pela verdadeira "vida viva", por isso não podemos suportar quando nos lembram dela. Afinal, chegamos ao ponto de considerar a verdadeira "vida viva" quase um trabalho, quase um serviço, concordando no íntimo que nos livros é melhor. E por que de vez em quando temos uns formigamentos, umas extravagâncias, o que pedimos? Nós mesmos não sabemos. Seria pior para nós se atendessem a nossos rogos extravagantes. Bem, experimentemos, bem, deem-nos, por exemplo, mais independência, desatem nossas mãos, ampliem nosso círculo de atividades, enfraqueçam a tutela, e nós... posso assegurar: imediatamente pediremos o retorno da tutela. Sei que os senhores talvez vão se zangar comigo por isso, gritar, bater os pés, afirmando: "Diga-o por si só e por suas misérias do subsolo, mas não ouse dizer '*todos nós*'". Perdão, senhores, não estou me justificando com esse *todos nós*. No que tange a mim, apenas levei ao extremo, em minha vida, o que os senhores não ousaram levar até a metade, tomando covardia por sensatez e, dessa forma, consolando e enganando a si mesmos. De modo que talvez eu seja ainda "mais vivo" do que os senhores. Pois olhem com mais atenção! Sabemos afinal onde o que é vivo vive agora, o que ele é, como se chama? Deixem-nos sós, sem livros, e imediatamente vamos nos confundir e nos perder; não saberemos a quem nos unir, a quem seguir; o que amar e o que odiar, o que respeitar e o que desprezar. Incomodamo-nos até em ser gente, gente com corpo e sangue real, *próprio*; temos vergonha disso, consideramos uma ignomínia e fazemos de tudo para sermos uma espécie inexistente de homens comuns. Somos natimortos, pois há tempos não nascemos de pais vivos, e isso nos agrada cada vez mais. Estamos tomando gosto por isso. Logo criaremos um jeito de nascer das ideias. Mas chega; não quero mais escrever "do Subsolo"...

Aliás, não terminam por aqui as "memórias" desse paradoxalista. Ele não se aguentou e seguiu adiante. Quanto a nós, achamos que podemos parar por aqui.

Memórias do subsolo*

Tzvetan Todorov

Um achado fortuito em uma livraria:
Memórias do subsolo, *de Dostoiévski.*
A voz do sangue (como chamá-lo de
outra forma?) se fez imediatamente
ouvir, e minha felicidade foi extrema.

Nietzsche, *Lettre à Overbeck*

Creio que atingimos, com as Memórias
do subsolo, *os píncaros da carreira*
de Dostoiévski. Considero este
livro (e não sou o único) a pedra
angular de toda a sua obra.

Gide, *Dostoiévski*

Memórias do subsolo*: nenhum outro*
texto do romancista exerceu mais
influência sobre o pensamento e sobre
a técnica romanesca do século XX.

Steiner, *Tolstói ou Dostoiévski*

Poderíamos alongar a lista de citações, mas não é necessário; atualmente todos conhecem o papel central desse livro, tanto na obra de Dostoiévski quanto no mito dostoievskiano, característico de nossa época.

* Tzvetan Todorov, "Memórias do subsolo". In: *Os gêneros do discurso*. Trad. de Nícia Adam Bonatti. São Paulo: Editora da Unesp, 2018, pp. 189-226. Os trechos citados em português de *Memórias do subsolo* são da tradução de Irineu Franco Perpetuo. [N. E.]

Se a reputação de Dostoiévski não precisa mais ser edificada, o mesmo não acontece em relação à exegese de sua obra. Os escritos críticos que lhe foram dedicados são, sem dúvida, inúmeros; o problema é que só excepcionalmente eles se ocupam das obras de Dostoiévski. De fato, este teve a infelicidade de ter tido uma vida movimentada: qual biógrafo erudito teria resistido diante dessa conjunção de anos passados em colônias penais com a paixão pelo jogo, a epilepsia e as tumultuadas relações amorosas? Ultrapassado esse limiar, deparamo-nos com um segundo obstáculo: Dostoiévski interessou-se apaixonadamente pelos problemas filosóficos e religiosos de seu tempo; transmitiu essa paixão para suas personagens e ela está presente em seus livros. Assim, é raro que os críticos falem sobre o "Dostoiévski escritor", como se dizia antigamente: todos se apaixonam por suas ideias, esquecendo-se de que elas são encontradas no interior de romances. Aliás, supondo-se que mudem de perspectiva, o perigo não teria sido evitado, só teria sido invertido: podemos estudar a "técnica" em Dostoiévski, abstraindo os grandes debates ideológicos que animam seus romances (Chklóvski pretendia que *Crime e castigo* fosse um puro romance policial, apenas com a particularidade de que o efeito de "suspense" teria sido provocado pelos intermináveis debates filosóficos)? Propor atualmente uma leitura de Dostoiévski é, de certa forma, fazer face a um desafio: devemos ver ao mesmo tempo as "ideias" de Dostoiévski e sua "técnica", sem privilegiar indevidamente umas ou outra.

O erro comum da crítica de interpretação (como distinta da crítica de erudição) foi (e continua a ser) afirmar: 1) que Dostoiévski é um filósofo, abstraindo a "forma literária", e 2) que Dostoiévski é *um* filósofo, enquanto mesmo o olhar menos prevenido é no mesmo instante impressionado pela diversidade das concepções filosóficas, morais, psicológicas que abundam em sua obra. Como Bakhtin escreve, no início de um estudo sobre o qual retornaremos:

> Quando abordamos a vasta literatura dedicada a Dostoiévski, temos a impressão de nos depararmos não com *um único* autor-artista, que teria escrito romances e novelas, mas com toda uma série de filósofos, com *vários* autores-pensadores: Raskólnikov, Míchkin, Stravróguin, Ivan Karamázov, o Grande Inquisidor e outros...

As *Memórias do subsolo* são, mais do que qualquer outro escrito de Dostoiévski — salvo talvez a "Lenda do Grande Inquisidor" —, responsáveis por essa situação. Lendo esse texto, temos a impressão de dispor de um testemunho direto de Dostoiévski-o-ideólogo. É então por ele também que devemos começar, se quisermos ler Dostoiévski hoje em dia ou, mais geralmente, se quisermos compreender em que consiste seu papel nesse conjunto em incessante transformação a que chamamos de *literatura*.

As *Memórias do subsolo* dividem-se em duas partes, intituladas "O subsolo" e "A propósito da neve úmida". O próprio Dostoiévski assim as descreve:

> Neste trecho, intitulado "O subsolo", o personagem apresenta a si mesmo, sua visão de mundo, e tenta esclarecer os motivos pelos quais surgiu e teve de surgir em nosso meio. No trecho seguinte, já aparecem as "memórias" propriamente ditas do personagem sobre alguns acontecimentos de sua vida.

É na primeira parte, alegações do narrador, que sempre se encontrou a exposição das ideias mais "notáveis" *de* Dostoiévski. Também será por aí que entraremos no labirinto desse texto — sem saber ainda por onde poderemos sair dele.

O primeiro tema que o narrador ataca é o da consciência (*soznánie*). Esse termo deve ser tomado aqui não como oposição ao inconsciente, mas à inconsciência. O narrador esboça o retrato de dois tipos de homem: um é o homem simples e direto (*neposriédstvenny*), "*l'homme de la nature et de la vérité*" [em francês no original] que, ao agir, não tem a imagem de sua ação; o outro, o homem consciente. Para este, toda ação é duplicada pela imagem dessa ação, que surge em sua consciência. Pior: essa imagem aparece antes que a ação tenha ocorrido e, por isso, a torna impossível. O homem de consciência não pode ser homem de ação.

> Pois o fruto direto, legítimo, espontâneo da consciência é a inércia, ou seja, ficar sentado conscientemente de braços cruzados. Já mencionei isso acima. Repito, repito e enfatizo: todas as pessoas espontâneas e de ação são assim por serem estúpidas e limitadas.

Tomemos, por exemplo, o caso de um insulto que "normalmente" teria suscitado uma vingança. É bem assim que se comporta o homem de ação.

> Afinal, quando são tomadas, digamos, pelo sentimento de desforra, nessa hora nada mais sobra em seu ser além desse sentimento. Um senhor desses se lança direto contra seu objetivo, como um touro furioso, com os chifres para baixo, e só um muro pode detê-lo.

Isso não ocorre com o homem de consciência.

> Foi dito: uma pessoa se vinga por ver justiça nisso. Quer dizer que achou a causa principal, achou o fundamento principal:

> exatamente a justiça. Deve estar tranquila de todos os lados e, em consequência, vinga-se com calma e sucesso, convicta de que comete uma ação honrada e justa. Só que eu não vejo essa justiça, tampouco encontro qualquer virtude, e, em consequência, se resolver me vingar, será só de raiva. Claro que a raiva pode sobrepujar tudo, todas as minhas dúvidas, e talvez tenha sucesso absoluto ao servir de causa principal, exatamente por não ser uma causa. Em consequência dessas malditas leis da consciência, meu rancor volta a ser submetido a uma decomposição química. Você olha e o objeto se evapora, as razões se desfazem, o culpado não é achado, a ofensa não é mais ofensa, mas sim um fado, algo como uma dor de dente, da qual ninguém é culpado, e, em consequência disso, volta a restar aquela mesma saída, ou seja, bater no muro com mais força.

O narrador começa por deplorar esse excesso de consciência:

> Juro aos senhores que ser consciente demais é uma doença, uma verdadeira e completa doença. Para uso cotidiano, seria mais do que suficiente a consciência humana comum, ou seja, a metade, um quarto a menos do que a porção que cabe a uma pessoa deste nosso infeliz século XIX,

mas no final de seu raciocínio ele se apercebe que aí está um mal menor: "Apesar de ter afirmado no começo que a consciência, na minha opinião, é a maior desgraça do homem, sei que o homem a ama e não vai trocá-la por satisfação alguma". "No final das contas, senhores, o melhor é não fazer nada! O melhor é a inércia consciente!"

Essa afirmação tem um correlato: a solidariedade entre consciência e sofrimento. A consciência provoca o sofrimento, condenando o homem à inação. Contudo, ao mesmo tempo, ela é seu resultado: "Afinal, o sofrimento é a única causa da consciência". Aqui intervém um terceiro termo, o gozo, e nos vemos diante de uma afirmação bem "dostoievskiana"; contentemo-nos, no momento, em expor, sem buscar explicar. Várias vezes o narrador afirma que no âmago do maior sofrimento, sob a condição de tomar consciência dele, encontrará uma fonte de gozo, de "um prazer resoluto e grave!":

> [...] cheguei ao ponto de sentir um prazer secreto, anormal, canalha, ao regressar para meu canto em uma noite abjeta de São Petersburgo e admitir com vigor que voltara a cometer uma torpeza, que ela era irreversível e, lá no fundo, em segredo, eu me roía e remoía, me serrava e me chupava até que, por fim, a amargura se convertia em uma doçura infame e maldita e, finalmente, em um prazer resoluto e grave! Sim, um prazer, um prazer! [...] Explico-me: esse prazer residia exatamente na consciência bastante clara de minha humilhação; de sentir ter chegado ao grau mais baixo; de que era imundo, e não tinha como ser diferente [...].

E ainda:

> Mas é exatamente nesse semidesespero frio e asqueroso, nessa semicrença, nesse sepultamento consciente de si mesmo no subsolo, ainda vivo, por pesar, por quarenta anos, nessa consciência reforçada e mesmo assim parcialmente duvidosa do caráter inescapável de sua posição, em todo esse veneno dos desejos insatisfeitos que estão lá dentro, em toda essa febre de hesitações, nas decisões tomadas para todo o sempre e arrependimentos que voltam a aparecer um minuto depois, aí é que reside o sumo daquele estranho prazer ao qual me referi.

Esse sofrimento que a tomada de consciência transforma em gozo também pode ser puramente físico, como ocorre na dor de dentes. Veja-se a descrição de um "homem instruído" no terceiro dia de sua dor:

> Tais gemidos se tornam algo abjetos, de uma raiva obscena, prolongando-se por dias e noites inteiros. E ele bem sabe que os gemidos não lhe trazem proveito algum; sabe melhor do que todos que apenas está a dilacerar e irritar os outros inutilmente; sabe que até o público perante o qual sofre e toda sua família ouvem-no com asco, não botam um tostão de fé nele e entendem que ele poderia gemer de outro jeito, mais simples, sem trilos nem floreios, e que está só fazendo manha, por raiva e malícia. Bem, pois é em todos esses atos conscientes e ignomínias que se encerra a voluptuosidade.

É o que chamamos de *masoquismo* do homem do subsolo.

Sem ligação visível (mas talvez isso seja apenas uma aparência), o narrador passa ao seu segundo grande tema: o da razão, de sua parte no homem e do valor do comportamento que a ele quer se conformar com exclusividade. A argumentação pouco a pouco toma a seguinte forma: 1) A razão só conhecerá o "razoável", isto é, apenas uma "vigésima parte" do ser humano; 2) Ora, a parte essencial do ser é constituída pelo desejo, pelo querer, que não é razoável. "O que a razão sabe? A razão só sabe o que conseguiu aprender (e algumas coisas, talvez, jamais saiba aprender; embora isso não seja consolo, por que não dizê-lo?), e a natureza humana age em toda sua gama, com tudo que nela existe, consciente e inconsciente, e, mesmo desafinando, vive", "a razão, senhores, é uma coisa boa, isso não se discute, mas a razão é apenas a razão, satisfazendo apenas as faculdades racionais do homem, enquanto a vontade é uma manifestação de toda a vida, ou seja, de toda a vida humana, com a razão e com todas as coceiras"; 3) É então absurdo querer fundar uma maneira de viver — e de impô-la aos outros — apenas pela razão.

> Pois os senhores, por exemplo, desejam desmamar o homem dos velhos hábitos e corrigir seu arbítrio conforme as exigências da ciência e do senso comum. Mas como os senhores sabem que o homem não apenas pode como *deve* ser reformado desse jeito? De onde deduziram que a vontade humana *tem* de ser corrigida de modo tão indispensável? Em suma, como sabem que essa correção de fato trará proveito ao homem?

Dostoiévski denuncia então esse determinismo totalitário em nome do qual se tenta explicar todas as ações humanas por referência às leis da razão.

Esse raciocínio se baseia em alguns argumentos e, por sua vez, leva a certas conclusões. Vejamos, em primeiro lugar, os argumentos. Eles são de dois tipos, tirados de uma parte da experiência coletiva, da história da humanidade: a evolução da civilização não conduziu ao reino da razão, há tantos absurdos na sociedade antiga quanto no mundo moderno. "Basta olhar ao redor: o sangue corre aos rios, da forma mais alegre, como champanhe." Os outros argumentos vêm da experiência pessoal do narrador: que nem todos os desejos podem ser explicados pela razão; que, se pudessem, o homem teria agido de modo diverso — de propósito, para contradizê-la; que a teoria do determinismo é, então, falsa; e o narrador, diante dela, defende o direito ao capricho: eis o que Gide reterá de Dostoiévski. Aliás, amar o sofrimento é contra a razão; ora, isso existe (como vimos antes e como ele nos lembra aqui: "O homem, às vezes, tem um amor terrível pelo sofrimento, paixão até, e isso é fato"). Há, enfim, outro argumento que deve responder a uma eventual objeção. De fato, poderíamos constatar que a maioria das ações humanas obedece, apesar de tudo, a finalidades racionais. Isso é verdade, mas não passa de uma aparência. De fato, mesmo nessas ações aparentemente racionais, o homem se submete a outro princípio: ele completa a ação por ela mesma e não para chegar a um resultado — "e que o principal não é para onde, mas sim que ela [a estrada] apenas leve".

> O homem, porém, é uma criatura leviana e desonesta, e talvez, a exemplo do jogador de xadrez, aprecie apenas o processo de obtenção do objetivo, não o objetivo em si. E, quem sabe (não dá para garantir), pode ser que todo objetivo que exista, para o qual a humanidade se precipita, consista apenas nesse processo ininterrupto de obtenção, que, para dizer de outra forma, é a própria vida, e não de fato no objetivo, que, evidentemente, não deve ser diferente de dois e dois são quatro, ou seja, uma fórmula, só que dois e dois são quatro já não é a vida, meus senhores, mas o começo da morte.

As conclusões que tiramos dessa afirmação concernem a todos os reformadores sociais (inclusive os revolucionários), pois eles imaginam que conhecem o homem inteiro e deduziram, desses conhecimentos de fato parciais, a imagem de uma sociedade ideal, de um "palácio de cristal"; ora, suas deduções são falsas, porque eles não conhecem o homem. O que oferecem, por conseguinte, não é um palácio, mas "um prédio de aluguel com apartamentos para inquilinos pobres" ou ainda um galinheiro, ou ainda um formigueiro.

> Pois vejam: se, em vez de palácio, fosse um galinheiro e começasse a chover, pode ser que eu entrasse ali para não me molhar, mas nem assim a gratidão por ele ter me protegido

> da chuva me levaria a tomar o galinheiro por um palácio. Os senhores vão rir, chegarão a dizer que, nesse caso, um galinheiro e um palacete são a mesma coisa. Sim, responderei, se tivéssemos que viver só para não nos molharmos.

"Entrementes, não vou tomar um galinheiro por um palácio." O determinismo totalitário não apenas é falso, mas perigoso: na contumácia de considerar os homens como uma peça na máquina, ou como "animais domésticos", acaba-se levando-os a serem. É o que chamamos de o *antissocialismo* (o conservadorismo) de Dostoiévski.

O drama da fala

Se as *Memórias do subsolo* se limitassem a essa primeira parte e às ideias que acabamos de expor, poderíamos ficar surpresos de ver esse livro desfrutar da reputação que tem. Não que as afirmações do narrador sejam inconsistentes. Também não se deve, por uma deformação de perspectiva, recusar-lhe qualquer originalidade: os cem anos que nos separam da publicação das *Memórias* (1864) talvez nos tenham habituado a pensar em termos próximos daqueles de Dostoiévski. No entanto, o puro valor filosófico, ideológico, científico dessas afirmações com certeza não basta para distinguir esse livro dentre outros.

Todavia, não é isso que lemos quando abrimos as *Memórias do subsolo*. Não lemos uma coletânea de pensamentos, mas uma narrativa, um livro de ficção. No milagre dessa metamorfose consiste a primeira real inovação de Dostoiévski. Não se trata aqui de opor a forma às ideias: forçar a incompatibilidade entre ficção e não ficção ou, se preferirmos, entre "mimética" e o "discursivo", é também uma "ideia", e de bom tamanho. É preciso recusar a redução da obra a frases isoladas, extraídas de seu contexto e atribuídas diretamente ao pensador Dostoiévski.

Então convém agora, dado que conhecemos a substância dos argumentos que serão apresentados, ver como esses argumentos nos chegam. Mais do que a uma exposição tranquila de uma ideia, assistimos à sua mise en scène (encenação). E dispomos, como se deve em uma situação dramática, de vários *papéis*.

Um primeiro papel é atribuído aos textos evocados ou citados. Desde sua publicação, as *Memórias do subsolo* foram percebidas pelo público como um escrito polêmico. V. Komárovitch, na década de 1920, explicitou a maioria das referências que nele se encontram dispersas ou dissimuladas. O texto refere-se a um conjunto ideológico que domina o pensamento liberal e radical russo dos anos 1840 a 1870. A expressão "o belo e o sublime", sempre entre aspas, remete a Kant, a Schiller e ao idealismo alemão; "o homem da natureza e da verdade", a Rousseau (veremos que o papel deste é mais complexo); o historiador positivista Buckle é citado pelo nome. Mas o adversário mais direto é um contemporâneo russo: Nikolai Tchernychévski, mentor da juventude radical da década de 1960, autor de um romance utópico e didático, *O que fazer?*, e de vários artigos teóricos, dentre os quais "Do princípio antropológico em filosofia". É Tchernychévski que defende o determinismo totalitário, tanto no artigo citado quanto por intermédio das personagens de seu romance (em especial de Lopukhov). Também é ele que faz outra personagem (Vera Pávlovna) sonhar com o palácio de cristal, o que indiretamente remete ao falanstério de Fourier e aos escritos de seus continuadores russos. Portanto, em nenhum momento o texto das *Memórias* é apenas a exposição imparcial de uma ideia; lemos um diálogo polêmico no qual o outro interlocutor estava bem presente ao espírito dos leitores contemporâneos.

Ao lado desse primeiro papel, que poderíamos chamar de eles (= os discursos anteriores), surge um segundo, o *você*, ou o interlocutor representado. Esse *você* aparece desde a primeira frase, mais exatamente nas reticências que separam "Sou um homem doente" de "Sou um homem perverso": o tom muda da primeira para a segunda proposição porque o narrador ouve, prevê uma reação apiedada para a primeira, e que ele recusa pela segunda. Logo depois, o *você* aparece no texto. "Isso os senhores provavelmente não vão querer entender", "Por acaso os senhores acham que agora estou me arrependendo, que estou a lhes pedir perdão por algo?... Estou certo de que essa é a vossa impressão...", "aliás, caso estejam irritados com toda essa tagarelice (e já estou sentindo que estão se irritando)" etc.

Essa interpelação do auditor imaginário, a formulação de suas supostas réplicas, se desdobram ao longo do livro; e a imagem do *você* não permanece idêntica. Nos seis primeiros capítulos da primeira parte, o *você* denota simplesmente uma reação média, a do sr. Todo-Mundo, que escuta essa confissão fervorosa, ri, desconfia, se deixa irritar etc. Apesar disso, no capítulo VII, e até o X, esse papel se modifica: o *você* não se contenta mais com uma reação passiva, toma posição e suas réplicas se tornam tão longas quanto as do narrador. Conhecemos essa posição: é a do *eles* (digamos, para simplificar, aquela de Tchernychévski). Agora é a *eles* que se dirige o narrador ao afirmar: "Afinal, senhores, até onde sei, toda sua lista de proveitos humanos foi elaborada a partir dos dados das cifras estatísticas e das fórmulas científico-econômicas"... É esse segundo *vocês-eles* sobre os quais dirá: "Os senhores acreditam no edifício de cristal, indestrutível para sempre [...]". Enfim, no último (décimo primeiro) capítulo há um retorno ao *você* inicial, e este se torna, ao mesmo tempo, um dos temas do discurso: "Obviamente, todas essas palavras dos senhores fui eu mesmo que agora redigi. Isso também é do subsolo. Fiquei lá por quarenta anos seguidos, ouvindo essas palavras por uma pequena fresta. Eu as inventei, pois só havia isso para inventar".

Enfim, o último papel nesse drama é desempenhado pelo *eu*: por um eu duplicado, é claro, pois sabemos que todo aparecimento do *eu*, todo chamamento daquele que fala, coloca um novo contexto de enunciação, em que é um outro *eu*, ainda não nomeado, que enuncia. Aí está o traço mais forte e ao mesmo tempo mais original desse discurso: sua aptidão para mesclar livremente o linguístico com o metalinguístico, a contradizer um pelo outro, a regressar infinitamente no metalinguístico. De fato, a representação explícita daquele que fala permite uma série de figuras. Veja-se a contradição: "Eu era um funcionário público perverso". Uma página adiante: "Menti agora há pouco ao dizer que era um funcionário perverso"... O comentário linguístico:

> Era rude, e encontrava satisfação nisso. Já que eu não recebia propina, essa era minha recompensa. (Piada ruim; mas não vou riscá-la. Escrevi achando que seria muito espirituosa; agora que vi que era só um desejo de exibicionismo torpe é que não apago mesmo, de propósito!)

Ou "Prossigo com calma, falando das pessoas de nervos fortes que não compreendem um determinado prazer refinado". Refutação de si mesmo: "Juro-lhes, senhores, que não acredito em nenhuma, nenhuma das palavrinhas que redigi agora!". A regressão infinita (exemplo da segunda parte):

> Aliás, os senhores têm razão; de fato, é vil e vulgar. E o mais vil de tudo é que comecei a me justificar perante os senhores. E ainda mais vil ter feito agora essa observação. Mas agora chega, senão não vou acabar nunca: sempre haverá algo mais vil...

E todo o décimo primeiro capítulo da primeira parte é dedicado ao problema da escritura: por que se escreve? Para quem?

A explicação que ele propõe (escreve para si mesmo, para se livrar de lembranças incômodas) é uma dentre outras, sugeridas em outros níveis de leitura.

O drama que Dostoiévski encenou nas *Memórias* é o da fala, com seus protagonistas constantes: o discurso presente, o *isso*; os discursos ausentes dos outros, *eles*; o *vocês* ou *você* do alocutário, sempre pronto para se transformar em locutor; por fim, o *eu* do sujeito da enunciação — que só aparece quando uma enunciação o enuncia. O enunciado, tomado nesse jogo, perde qualquer estabilidade, objetividade, impessoalidade: não há mais ideias absolutas, cristalização intangível de um processo esquecido para sempre; elas se tornam tão frágeis quanto o mundo que as cerca.

O novo estatuto da ideia é precisamente um dos pontos que encontramos esclarecidos no estudo de Bakhtin sobre a poética de Dostoiévski (e que retoma as observações de vários críticos russos anteriores: Viatcheslav Ivánov, Grossman, Askoldov, Engelgardt). No mundo romanesco não dostoievskiano, que Bakhtin chama de monológico, a ideia pode ter duas funções: expressar a opinião do autor (e só ser atribuído a uma personagem por comodidade); ou então, não sendo uma ideia à qual o autor empreste sua adesão, servir de característica psíquica ou social da personagem (por metonímia). Contudo, assim que a ideia é levada a sério, não pertence mais a ninguém.

> Tudo aquilo que, nas consciências múltiplas, é essencial e verdadeiro, faz parte do contexto único da "consciência em geral", e é desprovido de individualidade. Por outro lado, tudo o que é individual, o que distingue uma consciência de outra e das outras, não tem nenhum valor para a cognição em geral e se limita à organização psicológica ou aos limites da pessoa humana. De fato, na verdade, não há consciências individuais. O único princípio de individualização

cognitiva reconhecido pelo idealismo é o erro. Um julgamento verdadeiro jamais é ligado a uma pessoa, mas satisfaz apenas a um contexto único fundamentalmente monológico. Só o erro torna individual.

A "revolução copernicana" de Dostoiévski consiste precisamente, segundo Bakhtin, em ter anulado essa impessoalidade e solidez da ideia. Aqui a ideia é sempre "interindividual e intersubjetiva", e "sua concepção criadora do mundo não conhece a *verdade impessoal*, e suas obras não comportam verdades suscetíveis de isolamento". Em outras palavras, as ideias perdem seu estatuto singular, privilegiado, deixam de ser essências imutáveis para se integrar em um circuito da significação mais vasto, em um imenso jogo simbólico. Para a literatura anterior (tal generalização evidentemente é abusiva), a ideia é um significado puro, ela é *significada* (pelas palavras ou pelos atos), mas *não significa* a si mesma (a menos que seja como uma característica psicológica). Para Dostoiévski e, em graus diferenciados, para alguns de seus contemporâneos (tal como o Nerval, de *Aurélia*), a ideia não é o *resultado* de um processo de representação simbólica, mas sim uma *parte* integrante dele. Dostoiévski abole a oposição entre discursivo e mimético, dando às ideias um papel de *simbolizante*, e não apenas de *simbolizado*; transforma a ideia de representação, não a recusando ou a restringindo, mas bem ao contrário (mesmo que os resultados possam ser semelhantes), estendendo-a sobre campos que lhe eram até então estrangeiros. Podemos encontrar nos *Pensamentos* de Pascal afirmações sobre um coração que a razão desconhece, como nas *Memórias do subsolo*; mas não podemos imaginar os *Pensamentos* transformados em tal "diálogo interior", no qual aquele que enuncia ao mesmo tempo se denuncia, se contradiz, se acusa de mentiroso, se julga ironicamente, zomba de si mesmo — e de nós.

Quando Nietzsche diz: "Dostoiévski é o único que me ensinou alguma coisa em psicologia", participa de uma tradição secular que, no literário, lê o psicológico, o filosófico, o social — mas não a própria literatura ou o discurso; que não se apercebe de que a inovação de Dostoiévski é muito maior no plano simbólico do que no da psicologia, que aqui é só um elemento dentre outros. Dostoiévski muda nossa ideia de ideia e nossa representação da representação.

Mas haveria uma relação entre esse tema *do* diálogo e os temas evocados *no* diálogo? Sentimos que o labirinto ainda não nos revelou todos os seus segredos. Tomemos outra via, engajemo-nos em um setor ainda inexplorado: a segunda parte do livro. Como saber se o caminho indireto será o mais rápido?

Essa segunda parte é mais tradicionalmente narrativa, mas nem por isso exclui os elementos desse drama da fala que observamos na primeira. O *eu* e o *você* se comportam de maneira semelhante, mas o *eles* muda e aumenta sua importância. Mais do que entrar em diálogo com os textos anteriores, em polêmica — portanto, em uma relação sintagmática —, a narrativa desposa a forma da *paródia* (relação paradigmática), imitando e invertendo as situações das narrativas anteriores. Em certo sentido, as *Memórias do subsolo* carregam a mesma intenção que *Dom Quixote*: ridicularizar uma literatura contemporânea, atacando-a tanto pela paródia quanto pela polêmica aberta. O papel dos romances de cavalaria é mantido aqui pela literatura romântica, russa e ocidental. Mais exatamente, esse papel é dividido em dois: por um lado, o herói participa de situações que parodiam as peripécias do mesmo *O que fazer?*, de Tchernychévski, como no encontro com o oficial ou com Liza. Lopukhov, no romance de Tchernychévski, tem por costume jamais ceder a passagem, exceto para mulheres e velhos; quando uma personagem grosseira também não dá a vez, Lopukhov, homem de grande força física, simplesmente o joga na vala. Outra personagem, Kirsánov, encontra uma prostituta e, por seu amor, a retira de sua condição (ele é estudante de medicina, assim como o pretendente de Liza). Esse plano paródico jamais é nomeado no texto. Por outro lado, o homem do subsolo é sempre consciente de se comportar (de querer se comportar) como as personagens românticas do início do século; as obras e os heróis são nomeados aqui: Gogol (*Almas mortas*, "Diário de um louco", "O capote" — este último sem menção explícita), Gontcharov (*Uma história comum*), Nekrássov, Byron (*Manfred*), Púchkin ("O tiro"), Lérmontov (*Mascarada*), George Sand, e até o próprio Dostoiévski, indiretamente (*Humilhados e ofendidos*). Ou seja, a literatura liberal dos anos 1830 e 1840 é ridicularizada dentro de situações emprestadas dos escritores radicais dos anos 1860, o que já constitui uma acusação indireta de uns e outros.

Ao contrário da primeira parte, o papel principal pertence à literatura liberal e romântica. O herói-narrador é um adepto dessa literatura romântica e gostaria de pautar sobre ela seu comportamento. No entanto — e é aí que mora a paródia —, na verdade, esse comportamento é ditado por outra lógica, o que faz que os projetos românticos falhem um depois do outro. O contraste é completamente chocante, pois o narrador não se contenta com sonhos vagos e nebulosos, mas imagina nos menores detalhes cada cena a advir, com frequência várias vezes em seguida, e jamais suas previsões se mostram justas. Primeiro com o oficial: ele sonha (e veremos em que esse sonho é romântico) com uma briga ao final da qual ele seria jogado pela janela ("Sabe o diabo o que eu teria dado então por uma briga de verdade, mais correta, mais decente, mais, por assim dizer, *literária*!"), mas de fato é tratado como alguém que não merece a briga e que nem mesmo existe. Em seguida, a respeito do mesmo oficial, ele sonha com uma conciliação no amor, mas só conseguirá colidir com ele "em pé de igualdade".

No episódio com Zverkov, ele sonha com uma noitada em que todo mundo o admira e o ama, mas a viverá na maior humilhação. Com Liza, por fim, ele se reveste do sonho mais tradicionalmente romântico: "Por exemplo, salvo Liza justamente por ela vir aqui e eu lhe falar... Eu a instruo, eu a educo. Por fim, noto que ela me ama, ama-me com paixão. Finjo não compreender [...]" etc. No entanto, quando Liza chega à sua casa, ele a trata como uma prostituta.

Seus sonhos são ainda mais românticos quando a eles não segue nenhuma ação precisa, tal como naquele, intemporal, que encontramos no capítulo II:

> Eu, por exemplo, triunfo sobre todos; obviamente, todos são reduzidos a pó e coagidos a reconhecer todas as minhas perfeições, e eu perdoo a todos. Na qualidade de poeta célebre e camarista, apaixono-me; recebo incontáveis milhões e imediatamente os doo à raça humana, confessando de súbito, diante de todo o povo, minhas ignomínias que, obviamente, não são simplesmente ignomínias, encerrando em si uma quantidade extraordinária de "belo e sublime", algo de manfrediano.

Ou ainda, com Zverkov, quando prevê três versões sucessivas de uma cena que jamais acontecerá: na primeira, este lhe beija os pés; na segunda, eles duelam; na terceira o narrador morde a mão de Zverkov, vai para a prisão e, quinze anos mais tarde, volta a ver seu inimigo:

> "Veja, seu verdugo, veja minhas faces cavadas e meus farrapos! Perdi tudo: a carreira, a felicidade, a arte, a ciência, *a mulher amada*, e tudo por sua causa. Aqui estão as pistolas. Vim para descarregar minha pistola, e... e o perdoo". Daí darei um tiro para o ar, e depois nem sinal de mim...

> Cheguei até a chorar, embora soubesse com perfeita exatidão, naquele mesmo instante, que tudo aquilo vinha de Sílvio e da *Mascarada*, de Lérmontov.

Todos esses devaneios ocorrem então explicitamente em nome da literatura, de uma certa literatura. Quando os acontecimentos correm o risco de se desenrolar de outra forma, o narrador os qualifica de não literários ("tudo seria mísero, não *literário*, ultrajante"). Assim, esboçam-se duas lógicas, ou duas concepções da vida: a vida *literária* ou *livresca* e a *realidade* ou a *vida vivente*. Assim fala o desiludido narrador ao fim das *Memórias*:

> Estamos desacostumados a ponto de sentir, vez ou outra, uma repugnância pela verdadeira "vida viva", por isso não podemos suportar quando nos lembram dela. Afinal, chegamos ao ponto de considerar a verdadeira "vida viva" quase um trabalho, quase um serviço, concordando no íntimo que nos livros é melhor. [...] Deixem-nos sós, sem livros, e imediatamente vamos nos confundir e nos perder [...].

Mestre e escravo

De fato, não assistimos apenas a uma rejeição dos devaneios. Os acontecimentos representados não se organizam tão só de modo a refutar a concepção romântica do homem, mas em função de uma lógica que lhes é própria. Essa lógica, jamais formulada, mas sempre articulada, explica todas as ações, aparentemente aberrantes, do narrador e daqueles que o cercam: é aquela do mestre e do escravo ou, como diz Dostoiévski, a do "desprezo" e da "humilhação". Longe de ser a ilustração do capricho, do irracional e da espontaneidade, o comportamento do homem do subsolo obedece, como já foi assinalado por René Girard, a um esquema bem preciso.

O homem do subsolo vive em um mundo de três valores: inferior, igual e superior, mas é apenas na aparência que estes formam uma série homogênea. Em primeiro lugar, o termo "igual" só pode existir enquanto negado: é próprio da relação mestre-escravo ser exclusiva, não admitir nenhum terceiro termo. Aquele que aspira à igualdade prova com isso mesmo que não a possui, e a ele será atribuído o papel de escravo. Assim que alguém ocupa um dos polos da relação, seu parceiro se vê automaticamente ligado ao outro.

Apesar disso, ser mestre também não é mais fácil. De fato, assim que se vê confirmado em sua superioridade, esta desaparece, pois a superioridade só existe, paradoxalmente, com a condição de se exercer sobre seus iguais; caso se acredite de verdade que o escravo é inferior, a superioridade perde o sentido. Em termos mais exatos, ela o perde quando o mestre percebe não apenas sua relação com o escravo, mas também a imagem dessa relação ou, se preferirmos, que ele toma *consciência*. Aí está a diferença entre o narrador e as outras personagens das *Memórias*. À primeira vista, essa diferença pode parecer ilusória. Ele mesmo acredita nisso quando tem a idade de 24 anos: "Uma outra circunstância ainda me atormentava: justamente que ninguém se parecia comigo, e eu não me parecia com ninguém. 'Sou sozinho e eles são *todos*', pensava, e caía em melancolia". Contudo, dezesseis anos mais tarde, o narrador acrescenta: "isso deixa evidente que eu ainda era um completo moleque". De fato, a diferença só existe aos seus olhos, mas isso basta. O que o torna diferente dos outros é o desejo de deles não se distinguir; dito de outra forma, é sua consciência, aquela mesma que ele exaltava na primeira parte. Assim que se torna consciente do problema da igualdade, que declara querer se tornar igual, afirma, nesse mundo em que só há mestres e escravos, que não é igual e, portanto — como apenas os mestres são "iguais" —, que é inferior. O fracasso espreita o homem do subsolo de todos os lados: a igualdade é impossível; a superioridade, desprovida de sentido; a inferioridade, dolorosa.

Tomemos o primeiro episódio, o encontro com o oficial. Poderíamos achar estranho o desejo do narrador de se ver lançado pela janela ou, para explicá-lo, recorrer a esse "masoquismo" com o qual nos entreteve na primeira parte. Todavia, a explicação está em outro lugar, e se julgamos seu desejo absurdo, é porque só nos damos conta dos atos explicitamente colocados, e não daquilo que eles pressupõem. Ora, em regra, uma briga *implica* a igualdade dos participantes: só se luta entre iguais. (Nietzsche escrevia — e sem dúvida aí estava a lição que aprendera com Dostoiévski: "Não odiamos um homem enquanto o acharmos inferior, mas apenas quando o julgamos igual ou superior".) Obedecendo à mesma lógica do mestre e do escravo, o oficial não pode aceitar essa proposta: demandar a igualdade implica que se é inferior, portanto, o oficial se comportará como superior: "ele me pegou pelos ombros e, em silêncio — sem advertência nem explicação —, mudou-me de lugar e passou por mim como se não me notasse". E eis que nosso herói se vê no lugar do escravo.

Enclausurado em seu ressentimento, o homem do subsolo começa a sonhar — não exatamente com a vingança, mas ainda no estado de igualdade. Ele escreve uma carta para o oficial (que não enviará) e que deveria levar este último ou ao duelo, isto é, à igualdade dos adversários, ou para que ele viesse "correndo até mim, sem falta, para se atirar no meu pescoço e me propor amizade. E como isso teria sido bom! Teríamos vivido tão bem! Tão bem!": em outros termos, na igualdade de amigos.

Depois, o narrador descobre o caminho da vingança. Ela consistirá em não ceder o caminho na avenida Névski, onde ambos frequentemente passeiam. Mais uma vez, aquilo com que sonha é a igualdade.

> “Por que você é infalivelmente o primeiro a sair da frente?”, eu me importunava, em histeria furiosa, acordando às vezes às duas da manhã. “Por que justo você, e não ele? Afinal isso não é uma lei, não está escrito em lugar nenhum. Que seja igual, como costuma acontecer quando duas pessoas delicadas se encontram: ele se desvia metade, você outra metade, e ambos passam, respeitando-se mutuamente.”

E quando o encontro ocorre, o narrador constata: “me coloquei em público em pé de igualdade com ele, do ponto de vista social”. É o que, aliás, explica a nostalgia que ele sente agora por esse ser pouco atraente (“O que é feito agora do meu querido?”).

O incidente com Zverkov obedece exatamente à mesma lógica. O homem do subsolo entra em uma sala em que estão reunidos antigos colegas de escola. Estes também se comportam como se não o notassem, o que desperta nele o desejo obcecado de provar que é um seu igual. Quando fica sabendo que eles se preparam para celebrar um outro colega de classe (que, aliás, não lhe interessa de forma alguma), ele demanda participar da festa. Mil obstáculos aparecem em seu caminho, o que não o impede de ultrapassá-los e assistir ao jantar oferecido para Zverkov. Não obstante, em seus sonhos, o narrador não se ilude: ele se vê ou humilhado por Zverkov, ou, por sua vez, humilhando-o: só há escolha entre o rebaixamento de si e o desprezo pelo outro.

Zverkov chega e se comporta de maneira afável. Mas, ainda aqui, o homem do subsolo reage ao pressuposto, e não ao posto, e essa própria afabilidade o deixa em guarda:

> Será que agora ele se considerava acima de mim de modo tão incomensurável, com relação a tudo? [...] Mas e se ele realmente não tivesse nenhum desejo de ofender e, em seu crânio de carneiro, tivesse penetrado a sério a ideiazinha

de que estava acima de mim de modo incomensurável, e não podia olhar para mim com ar que não fosse protetor?

A mesa em torno da qual se sentam é redonda, mas a igualdade acaba aí. Zverkov e seus camaradas fazem alusões à pobreza, às infelicidades do narrador ou, em uma palavra, à sua inferioridade — pois eles também obedecem à lógica do mestre e do escravo, e assim que alguém demanda igualdade, compreende-se de fato que ele se encontra em inferioridade. Apesar de todos os seus esforços, param de notá-lo. "Não era possível humilhar a mim mesmo de modo mais desonesto e voluntário [...]." Depois, na primeira ocasião, de novo ele demanda igualdade (ir com os outros ao bordel), que lhe é recusada; seguem-se novos sonhos de superioridade etc.

O outro papel não lhe é recusado: ele encontra seres mais fracos, dos quais é o mestre. Contudo, isso não lhe traz satisfação alguma, pois não pode ser senhor à moda do "homem de ação". Ele tem necessidade do processo de vir a ser mestre, não do estado de superioridade. Essa mecânica é evocada de forma resumida em uma lembrança da escola:

> Certa vez, tive de alguma forma um amigo. Só que eu era um déspota de todo o coração; queria ter um domínio desmedido de sua alma; queria suscitar nele desprezo por todos que o rodeavam; exigia-lhe um rompimento altivo e definitivo com esse meio. Assustei-o com minha amizade apaixonada; levei-o às lágrimas, ao suor; era ingênuo e entregou a alma; porém, quando se entregou de todo, odiei-o imediatamente, afastando-o de mim, como se precisasse dele apenas para derrotá-lo, apenas para submetê-lo.

Consciente por um momento, o escravo, uma vez submetido, não apresenta mais nenhum interesse.

Entretanto, é sobretudo no episódio com Liza que o homem do subsolo se encontra no outro polo da relação. Liza é uma prostituta, está no nível mais baixo da escala social: é isso que permite ao homem do subsolo, por uma vez, agir segundo a lógica romântica que lhe é cara: ser magnânimo e generoso. Mas ele atribui tão pouca importância à sua vitória que está pronto a esquecê-la no dia seguinte, preocupado com a relação com seus próprios mestres.

> Porém, *evidentemente*, a questão principal e mais importante de agora não era essa: era preciso me apressar e, a qualquer custo, salvar o quanto antes minha reputação aos olhos de Zverkov e Símonov. Isso era o principal. De Liza, naquela manhã, cheguei a me esquecer completamente, de tão atarefado.

Se a lembrança retorna, é porque o homem do subsolo teme que, em um próximo encontro, não possa mais se manter no nível superior em que se içara. "Ontem me mostrei na frente dela... como um herói... e agora, hum!" Ele teme que Liza também se torne *desdenhosa* e que ele seja mais uma vez *humilhado*. Ora, para azar das coisas, Liza entra em sua casa em um momento no qual ele está sendo humilhado por seu servo. Por isso, a primeira questão que ele lhe dirige é: "Liza, você me despreza?". Depois de uma crise histérica, ele começa a acreditar "que os papéis, agora, haviam se invertido completamente, que agora ela era a heroína, enquanto eu era uma criatura tão humilhada e esmagada quanto ela fora naquela noite, quatro dias atrás...". O fato lhe provoca o desejo de ser novamente mestre, então a possui e lhe dá dinheiro, como faria com qualquer outra prostituta. Entretanto, esse estado de maestria não comporta nenhum prazer para ele, e seu único desejo é que Liza desapareça. Quando ela sai, descobre que Liza não levara o dinheiro. Então, ela não era inferior! Ela retoma todo o valor aos seus olhos, então ele se lança em sua busca. “Por quê? Desabar na frente dela, soluçar de arrependimento, beijar seus pés, implorar perdão!” Liza era inútil como escrava e torna a ser necessária na qualidade de mestre em potencial.

Compreendemos agora que os devaneios românticos não são exteriores à lógica do mestre e do escravo: eles são a versão rosa daquilo que o comportamento do mestre é a versão negra. A relação romântica de igualdade ou generosidade pressupõe a superioridade, assim como a briga pressupõe a igualdade. Comentando diante de Liza seu primeiro encontro, o narrador se dá plenamente conta disso: “reduziram-me a trapos, então eu queria demonstrar poder... Foi isso que aconteceu, e você achando que eu fui até lá especialmente para salvá-la, hein? Você achava isso? Você achava isso?”, “Poder, poder é do que eu necessitava então, necessitava do jogo, necessitava conseguir as suas lágrimas, a sua humilhação, a sua histeria, é disso que eu necessitava!”. Então a lógica romântica não é só constantemente derrotada pela lógica do mestre e do escravo, mas nem sequer é diferente. Aliás, é por isso que os sonhos “dourados” podem se alternar livremente com os sonhos “sombrios”.

Toda a intriga na segunda parte das *Memórias do subsolo* nada mais é do que uma exploração dessas duas figuras fundamentais no jogo do mestre e do escravo: a vã tentativa de aceder à igualdade que se salda pela humilhação; e o esforço também tão vão — pois os resultados são efêmeros — de se vingar, o que, no melhor dos casos, é apenas uma compensação: humilha-se e despreza-se por ter sido humilhado e desprezado. O primeiro episódio, com o oficial, apresenta um condensado das duas possibilidades; em seguida elas se alternam, obedecendo à regra do contraste: o homem do subsolo é humilhado por Zverkov e seus camaradas, ele humilha Liza, em seguida é novamente humilhado por seu servidor Apollon, e se vinga uma vez mais em Liza; a equivalência das situações é marcada seja pela identidade da personagem, seja por uma semelhança nos detalhes: assim, Apollon ciciava e chiava o tempo todo, enquanto Zverkov fala "ciciando, sussurrando e arrastando a voz, coisa que não fazia antes". O episódio com Apollon, que encena uma relação concreta entre mestre e escravo, serve de emblema dessas peripécias tão pouco caprichosas.

O ser e o outro

O homem do subsolo será permanentemente levado a assumir o papel de escravo, e por isso sofre de forma cruel; apesar de tudo, ao que parece, ele o busca. Por quê? Porque a própria lógica do mestre e do escravo não é uma verdade última, mas uma aparência colocada que dissimula um pressuposto essencial, ao qual é preciso agora aceder. Entretanto, esse centro, essa essência à qual chegamos nos reserva uma surpresa: ela consiste em afirmar o caráter primordial da relação com outrem, em colocar a essência do ser em outrem, em nos dizer que o simples é duplo, e que o último átomo, indiviso, é feito de dois. O homem do subsolo não existe fora da relação com outrem, sem o olhar do outro. Ora, não ser é um mal ainda mais angustiante do que ser um nada, do que ser escravo.

O homem não existe sem o olhar do outro. Poderíamos nos confundir, apesar disso, sobre o significado do olhar nas *Memórias do subsolo*. De fato, as indicações que lhe dizem respeito, muito abundantes, à primeira vista parecem se inscrever na lógica do mestre e do escravo. O narrador não quer olhar os outros pois, fazendo-o, reconheceria sua existência e, por isso mesmo, lhes concederia um privilégio que não está seguro de ter por si mesmo; em outras palavras, o olhar corre o risco de fazer dele um escravo. "No serviço, na chancelaria, até me esforçava para não olhar para ninguém [...]." Por ocasião do encontro com os antigos colegas de escola, ele evita insistentemente olhá-los e permanece "olhando para o prato". "Tentava apenas não olhar para nenhum deles [...]." Quando olha para alguém, tenta colocar nesse olhar toda a sua dignidade — e, portanto, um desafio. "Eu o fitava com ódio e raiva", ele diz do oficial, e dos camaradas de escola: "Lancei-lhes um olhar descarado, com os olhos embaciados". Lembremo-nos de que as palavras russas *prezirat'* e *nenavídet'*, desprezar e odiar, bastante frequentes no texto para a descrição precisamente desse sentimento, contêm ambas a raiz *ver* ou *olhar*.

Os outros fazem exatamente a mesma coisa, com mais sucesso na maior parte do tempo. O oficial passa ao lado dele como se não o visse, Símonov "evita olhá-lo" e seus camaradas, uma vez bêbados, se recusam a notá-lo. Quando o olham, fazem-no com a mesma agressividade, lançando o mesmo desafio. Fierfítchkin fitava-o "nos olhos com furor", Trudoliúbov "dignou-se finalmente a reparar em mim, com um olhar de esguelha, de desprezo, na minha direção", e Apollon, seu servo, se especializa nos olhares desdenhosos:

> começava por me dirigir um olhar excepcionalmente severo, que não desviava por alguns minutos, especialmente ao me encontrar ou se despedir de mim. [...] De repente, sem quê nem por quê, andava suave e silenciosamente até o meu quarto, quando eu estava caminhando ou lendo, parava perto da porta, colocava uma mão para trás, afastava um pé e me dirigia o olhar, que não, não era severo, mas de desprezo absoluto. Caso eu, de repente, perguntasse o que ele queria, não responderia nada, continuando a me fitar obstinadamente por alguns segundos, depois, apertando os lábios de certo modo, com ar significativo, virava-se lentamente e partia devagar para o seu quarto.

É também nessa óptica que se deve analisar os raros momentos em que o homem do subsolo consegue realizar seus devaneios românticos: esse sucesso exige a total ausência de olhar. Não é por acaso que isso acontece por ocasião do encontro vitorioso com o oficial: "De repente, a três passos de meu inimigo, decidi-me de forma inesperada, semicerrei os olhos e trombamos com tudo, ombro a ombro!". Nem, principalmente, se isso se repete durante o primeiro encontro com Liza — no próprio início da conversa, o narrador nos diz: "A vela apagou de vez; eu não conseguia mais distinguir seu rosto"; e é apenas no fim, seu discurso bem terminado, que ele encontra "uma caixa de fósforos e um castiçal com uma vela inteira, intacta". Ora, é precisamente entre esses dois momentos de luz que o homem do subsolo pode enunciar seu propósito romântico, avesso rosa do rosto do mestre.

Mas aí está apenas a lógica do olhar "literal", concreto. De fato, em todas essas circunstâncias, a condição de inferioridade é aceita e mesmo buscada, pois permite frear sobre si o olhar dos outros, mesmo que fosse um olhar desdenhoso. O homem do subsolo sempre está consciente do sofrimento que o olhar depreciativo lhe causa, mas não deixa de buscá-lo. Ir à casa de seu chefe Anton Antônytch não lhe traz nenhum prazer e as conversas que ali escuta lhe são insípidas.

> Discorriam a respeito do imposto sobre a bebida alcoólica, sobre as negociações no Senado, sobre os vencimentos, sobre a indústria, sobre Sua Excelência, sobre os meios de agradar, e assim por diante. Eu tinha a paciência de ficar como um bobo perto dessas pessoas, ouvindo-as por umas quatro horas, sem ousar nem saber o que falar. Ficava atoleimado, suava algumas vezes, era acometido de paralisia; mas tudo isso era bom e proveitoso.

Por quê? Porque anteriormente ele sentiu "uma necessidade insuperável de me lançar na sociedade". Ele sabe que Símonov o despreza: "Suspeito que eu lhe causava muita repugnância [...] Ao subir ao quarto andar, pensava justamente que esse senhor ficava incomodado comigo, e que era inútil visitá-lo". Porém, ele prossegue, "acabou que tais razões, como que de propósito, incitaram-me ainda mais a uma situação ambígua, e eu entrei". Um olhar, mesmo um olhar de mestre, é melhor do que a ausência de olhar.

Toda a cena com Zverkov e os camaradas de escola se explica da mesma maneira. Ele precisa de seu olhar; se toma ares de menosprezo é porque espera "com impaciência que eles fossem os *primeiros* a falar". Em seguida: "Queria demonstrar com todas as forças que podia passar bem sem eles; contudo, apoiado nos saltos, fazia as botas baterem de propósito". O mesmo ocorre com Apollon: ele não tira nenhum proveito desse servidor grosseiro e preguiçoso, mas também não pode se separar dele. "Naquela época, porém, eu não podia expulsá-lo, como se ele estivesse quimicamente unido à minha existência. [...], e Apollon, sabe o diabo por que razão, parecia-me pertencer àquele apartamento, e por sete anos inteiros não pude expulsá-lo"... Eis a explicação do "masoquismo" irracional, relatado pelo narrador na primeira parte e que os críticos tanto amaram: ele aceita o sofrimento porque o estado de escravo é, finalmente, o único que assegura o olhar dos outros; ora, sem isso, o ser não existe.

De fato, a primeira parte já continha explicitamente essa afirmação, feita a partir de um postulado de fracasso: o homem do subsolo não é nada, não é sequer um escravo ou, como ele diz, nem sequer um inseto. "Não apenas não consegui ser mau, como nada mais: nem mau, nem bom, nem canalha, nem honrado, nem herói, nem inseto." Ele sonha em poder se afirmar, ainda que fosse por uma qualidade negativa, assim como a preguiça, a ausência de ações e qualidades.

> Eu me respeitaria justamente porque pelo menos a preguiça eu estaria em condições de ter; existiria em mim pelo menos uma característica afirmativa, da qual eu estaria seguro. Pergunta: quem é ele? Resposta: um preguiçoso; seria agradabilíssimo ouvir isso a meu respeito. Quer dizer, uma determinação afirmativa, ou seja, haveria o que se dizer a meu respeito.

Então, agora não pode nem sequer dizer que ele não é nada (e circunscrever a negação no atributo); ele *não é*. É até o próprio verbo de existência que é negado. Ser só é não ser mais.

Há um grande debate, quase científico, que ocupa quase todas as páginas das *Memórias*, e que diz respeito sobre a própria concepção do homem, sobre sua estrutura psíquica. O homem do subsolo busca provar que a concepção adversa é não apenas amoral (ela o é de maneira secundária, derivada), mas também inexata, falsa. O homem da natureza e da verdade, o homem simples e imediato, imaginado por Rousseau, não é apenas inferior ao homem consciente e subterrâneo — ele nem sequer existe. O homem uno, simples e indivisível é uma ficção; o mais simples já é duplo; o ser não tem existência anterior ao outro ou independente dele; é bem por isso que os sonhos de "egoísmo racional" caros a Tchernychévski e seus amigos estão condenados ao fracasso, como também fracassará toda teoria que não se fundamente na dualidade do ser. Essa universalidade das conclusões é afirmada nas últimas páginas das *Memórias*: "No que tange a mim, apenas levei ao extremo, em minha vida, o que os senhores não ousaram levar até a metade, tomando covardia por sensatez e, dessa forma, consolando e enganando a si mesmos".

É então por um mesmo movimento que se veem rejeitadas uma concepção essencialista do homem e uma visão objetiva das ideias; não é por acaso que uma alusão aparece cá e lá.

A confissão de Rousseau seria escrita *para os outros*, mas por um ser *autônomo*; a do homem do subsolo é escrita *para ele*, mas ele mesmo já é duplo, os outros estão nele, o exterior é interior. Assim como é impossível conceber o homem simples e autônomo, devemos ultrapassar a ideia do texto autônomo, expressão autêntica de um sujeito, em vez de reflexo de outros textos, jogo entre os interlocutores. Não há dois problemas, um que diga respeito à natureza do homem e o outro, à da linguagem; um situado nas "ideias" e o outro, na "forma". Trata-se realmente da mesma coisa.

O jogo simbólico

Assim, os aspectos aparentemente caóticos e contraditórios das *Memórias do subsolo* encontram sua coesão. O masoquismo moral, a lógica do mestre e do escravo, o novo estatuto da ideia, participam em conjunto de uma mesma estrutura fundamental, mais semiótica do que psíquica, que é a estrutura da alteridade.

De todos os elementos essenciais que isolávamos no decorrer da análise, resta apenas um, cujo lugar no conjunto não apareceu: são as denúncias dos poderes da razão, na primeira parte. Seria isso um ataque gratuito de Dostoiévski contra seus inimigos-amigos, os socialistas? Mas acabemos de ler as *Memórias* e também descobriremos seu lugar — e sua significação.

Com efeito, deixei de lado uma das personagens mais importantes da segunda parte: Liza. Não foi por acaso: seu comportamento não obedece a nenhum dos mecanismos descritos até aqui. Observemos, por exemplo, seu olhar: ele não se parece nem com o do mestre nem com o do escravo — "na minha frente, reluzia um rosto fresco, jovem, algo pálido, de sobrancelhas retas e escuras e um olhar sério e algo surpreso", "De repente, ao meu lado, avistei dois olhos abertos, que me examinavam com curiosidade e obstinação. O olhar era de uma indiferença fria, lúgubre, como algo completamente alheio; dava uma impressão de pena". No fim do encontro:

> No geral, não se tratava mais do mesmo rosto nem do mesmo olhar de há pouco, lúgubre, desconfiado e obstinado. Agora seu olhar era suplicante, suave e, além disso, crédulo, carinhoso, tímido. Assim as crianças olham para aqueles que amam muito ou a quem pedem algo. Seus olhos eram castanho-claros, olhos maravilhosos, vivos, capazes de refletir o amor e o ódio soturno.

Na casa dele, depois de assistir a uma cena penosa, seu olhar guarda a singularidade: "Ela me fitava, intranquila", "Fitou-me algumas vezes, com triste perplexidade" etc.

O momento crucial na história relatada pelas *Memórias do subsolo* ocorre quando Liza, injuriada pelo narrador, de repente reage, e de uma maneira tal que o narrador não espera, que não pertence à lógica do mestre e do escravo. A surpresa é tal que o próprio narrador deve ponderar:

> Eu estava tão habituado a pensar e imaginar tudo como nos livros, e ver tudo no mundo como havia fabricado nos sonhos [sabemos agora que a lógica livresca dos românticos e aquela do mestre e do escravo de fato são uma só], que não entendi imediatamente aquela estranha circunstância. Acontecera o seguinte: Liza, ofendida e esmagada por mim, entendeu muito mais do que eu imaginava. De tudo aquilo, compreendera o que a mulher compreende antes de tudo, se seu amor é franco: que eu era infeliz.

Como ela reagiu? "Levantou-se de repente da cadeira, em um impulso irresistível, e, precipitando-se toda para mim, mas ainda tímida e sem ousar sair do lugar, estendeu-me os braços... Daí meu coração revirou. Então ela se atirou de repente na minha direção, enlaçou meu pescoço e se pôs a chorar". Liza recusa tanto o papel do mestre quanto o do escravo, não deseja nem dominar nem se comprazer em seu sofrimento: ela ama o outro *por ele mesmo*. É essa erupção de luz que faz das *Memórias* uma obra muito mais clara do que estamos habituados a pensar; é essa mesma cena que justifica o fechamento da narrativa, enquanto na superfície esta se apresenta como um fragmento recortado pelo capricho do acaso: o livro não poderia ser terminado mais cedo, e não há razão para que continue; como diz "Dostoiévski" nas últimas linhas, "podemos parar por aqui". Podemos compreender também um fato que com frequência inquietou os comentadores de Dostoiévski: sabemos, por meio de uma carta do autor, contemporânea do livro, que no final da primeira parte o manuscrito comportava a introdução de um princípio positivo — o narrador indicava que a solução estava em Cristo. Os censores suprimiram essa passagem por ocasião da primeira publicação. Curiosamente, Dostoiévski jamais o restabeleceu nas edições posteriores. Vemos agora a razão: o livro contaria com dois finais, em vez de um, e o propósito de Dostoiévski teria perdido muito de sua força ao ser colocado na boca do narrador, e não no gesto de Liza.

Vários críticos (Skaftymov, Frank) já observaram que, ao contrário de uma opinião difundida, Dostoiévski não defende os pontos de vista do homem do subsolo, mas luta contra eles. Se o mal-entendido pôde ocorrer, é porque assistimos a dois diálogos simultâneos. O primeiro se dá entre o homem do subsolo e o defensor do egoísmo racional (pouco importa se lhe associamos o nome de Tchernychévski ou o de Rousseau, ou ainda um outro qualquer); esse debate é sobre a natureza do homem e opõe duas imagens, uma autônoma, outra dual; é evidente que Dostoiévski aceita a segunda como verdadeira.

Mas esse primeiro diálogo de fato só serve para varrer o mal-entendido que ocultava o verdadeiro debate; é aí que se instaura o segundo diálogo, dessa vez entre o homem do subsolo, por um lado, e Liza, ou, se preferirmos, "Dostoiévski", por outro. A dificuldade maior na interpretação das *Memórias* reside na impossibilidade de conciliar a aparência de verdade, concedida aos argumentos do homem do subsolo, com a posição de Dostoiévski, tal como a conhecemos em outros lugares. Entretanto, essa dificuldade vem da colisão dos dois debates em um. O homem do subsolo não é o representante da posição moral, inscrita por Dostoiévski no texto em seu próprio nome. Ele apenas desenvolve até suas consequências extremas a posição dos adversários de Dostoiévski, os radicais dos anos 1860. Porém, uma vez que essas posições estejam logicamente apresentadas, engaja-se o processo essencial — se bem que ocupe uma pequena parte do texto — em que Dostoiévski, colocando-se no quadro da alteridade, opõe a lógica do mestre e do escravo àquela do amor dos outros pelos outros, tal como é encarnada no comportamento de Liza. Se no primeiro debate confrontavam-se, no plano da *verdade*, duas descrições do homem, no segundo, já considerando esse problema como resolvido, o autor opõe, no plano da *moral*, duas concepções do comportamento justo.

Nas *Memórias do subsolo*, essa segunda solução aparece apenas por um breve momento, quando Liza de repente estende seus braços para envolver aquele que a injuria. Mas a partir desse livro, ela se afirmará com cada vez maior força na obra de Dostoiévski, mesmo que compareça mais como a marca de um limite do que como o tema central de uma narração. Em *Crime e castigo*, é com o mesmo amor que a prostituta Sônia ouvirá as confissões de Raskólnikov. O mesmo acontecerá com o príncipe Míchkin, em *O idiota*, e com Tikhon, que recebe a confissão de Stravróguin em *Os demônios*. N'*Os irmãos*

Karamázov, esse gesto se repetirá, simbolicamente, três vezes: bem no início do livro, o *stárietz* Zossima se aproxima do grande pecador Mítia e se inclina em silêncio diante dele, até o chão. Cristo, que ouve o discurso do Grande Inquisidor ameaçando-o com a fogueira, aproxima-se do ancião e beija-o em silêncio com seus lábios exangues. E *Aliócha*, depois de ter escutado a "revolta" de Ivan, encontra em si a mesma resposta: aproxima-se de Ivan e sem uma palavra sequer beija-o na boca. Esse gesto, variado e repetido ao longo da obra de Dostoiévski, toma nela um valor preciso. O abraço sem palavras, o beijo silencioso: é uma ultrapassagem da linguagem, mas não uma renúncia ao sentido.

A linguagem verbal, a consciência de si, a lógica do mestre e do escravo: os três se encontram do mesmo lado, permanecem como o apanágio do homem do subsolo. Pois a linguagem, como dito na primeira parte das *Memórias*, só conhece o linguageiro — a razão só conhece o razoável —, isto é, a vigésima parte do ser humano. Essa boca que não *fala*, mas que *beija*, introduz o gesto e o corpo (como dizia o narrador das *Memórias*, todos nós perdemos nosso "corpo próprio"); ela interrompe a linguagem, mas instaura, com ainda mais força, o circuito simbólico. A linguagem será ultrapassada não pelo silêncio altaneiro que encarna "o homem da natureza e da verdade", o homem de ação, mas por esse jogo simbólico superior que comanda o gesto puro de Liza.

Depois da morte de sua primeira mulher, nos próprios dias em que ele trabalha nas *Memórias do subsolo*, Dostoiévski escreve em seu carnê (nota de 16 de abril de 1864):

> Amar o homem *como a si* mesmo é impossível, segundo o mandamento de Cristo. A lei da personalidade sobre a terra liga, o eu impede... Apesar disso, depois do aparecimento de Cristo *como o ideal do homem em carne*, tornou-se claro

> como o dia que o desenvolvimento superior e último da personalidade deve precisamente atingir esse grau (bem no final do desenvolvimento, no ponto mesmo em que atinge o fim), em que o homem encontra, toma consciência e, com toda a força de sua natureza, se convence de que o uso superior que pode fazer de sua personalidade, da plenitude do desenvolvimento de seu eu, é de certa forma aniquilar esse eu, doá-lo inteiramente a todos e a cada um sem divisão e sem reserva. E é a felicidade suprema.

Penso que, desta vez, podemos deixar a última palavra ao autor.

Posfácio

Irineu Franco Perpetuo

Das narrativas curtas de Dostoiévski, *Memórias do subsolo* (1864) é a que mais contribuiu para a reputação do autor como um "escritor-psicólogo" e, sobretudo, "escritor-filósofo". Redigidas em um momento de duríssimas perdas, as *Memórias* marcam, a um só tempo, o encerramento de uma fase de sua vida pessoal e a abertura de um ciclo criativo: considera-se esse o texto que abre caminho para os quatro grandes romances dostoievskianos da maturidade, chamados por Thomas Mann de "monumentos épicos": *Crime e castigo* (1866), *O idiota* (1868), *Os demônios* (1872) e *Os irmãos Karamázov* (1880).[1]

As *Memórias* culminam a retomada da atividade literária de Dostoiévski após uma década de exílio siberiano, entre os trabalhos forçados, o serviço militar obrigatório e a proibição de entrar na Rússia europeia. Em dezembro de 1859, o escritor retornava a São Petersburgo, trazendo na bagagem epilepsia, uma esposa (Maria Dmítrievna, com a qual se casara no degredo, em 1857), um enteado (Pacha, filho do matrimônio anterior de Maria) e recordações do cárcere siberiano, que ele cristalizaria em um romance de grande impacto, *Escritos da casa morta.* Na realidade serializada da literatura russa do século XIX (em que quase todas as obras literárias apareciam em "revistas grossas" antes de saírem em livro), o começo dos *Escritos* foi publicado

1 Thomas Mann, *O escritor e sua missão: Goethe, Dostoiévski, Ibsen e outros.* Rio de Janeiro: Zahar, 2011, p. 127.

em *O Mundo Russo*, enquanto o restante da obra seria apresentado aos leitores em *O Tempo*, revista que Dostoiévski passaria a editar, em 1861, com seu irmão Mikhail, um ano mais velho.

Em um país em que literatura era mais do que literatura, monopolizando as discussões políticas, religiosas e filosóficas, que eram interditadas em uma sociedade repressiva e fechada, a imprensa que veiculava os textos literários e os debates a respeito deles era o local em que Dostoiévski mais queria estar. Amigo do escritor e colaborador de *O Tempo*, o crítico literário Nikolai Strákhov (1828-96) conta que "a rivalidade entre os diversos periódicos, a extrema atenção dada às suas tendências, as polêmicas — tudo isso transformava o trabalho jornalístico num jogo tão interessante que ninguém que o tivesse experimentado conseguia deixar de sentir vontade de participar dele". Dostoiévski, ainda segundo Strákhov, "fora educado no jornalismo desde jovem e continuou-lhe fiel até o fim", sua "leitura habitual eram as revistas e jornais russos", e nessas publicações "estavam seus interesses intelectuais, e neles estavam também seus interesses materiais".[2] Como exemplo dos embates daquele período: em carta ao irmão, em fevereiro de 1864, Dostoiévski afirma ter "a ideia de um magnífico artigo sobre o teorismo e o fantástico entre os teóricos (da revista rival *O Contemporâneo*)".[3] O artigo jamais veio à tona, mas essa ideia parece ter sido absorvida na primeira parte das *Memórias do subsolo*, escrita nessa mesma época.

Na nova revista, Dostoiévski publicou também o romance *Humilhados e ofendidos*, em 1861. No ano seguinte, a situação financeira de *O Tempo* parecia promissora o suficiente para que o escritor se permitisse fazer sua primeira viagem ao exterior. Suas impressões da jornada europeia materializaram-se em *Notas de inverno sobre impressões de verão* (1863),

2 Joseph Frank, *Dostoiévski: Os efeitos da libertação, 1860-1865*. São Paulo: Edusp, 2013, pp. 86-9. **3** Ibid., p. 403.

também publicadas em *O Tempo*, e igualmente refletidas nas páginas das *Memórias do subsolo.*

Logo após a aparição das *Notas*, contudo, veio um baque. Embora Dostoiévski tivesse havia tempos abjurado das convicções radicais que tinham levado à sua prisão, em 1849, e fosse um leal súdito do Império, a publicação de um artigo de Strákhov, no contexto da rebelião polonesa contra a dominação russa, acabou levando ao fechamento de *O Tempo*, em 1863. Seu irmão Mikhail viu-se enredado em imensa dívida, e a atitude de Dostoiévski, diante da crise, foi inventar uma nova viagem à Europa ocidental, em agosto do mesmo ano. Atraía-o não apenas a roleta (como bem sabem os leitores da novela *Um jogador*) como também Apolinária Súslova (1840-1918), sua amante — dezenove anos mais jovem e modelo para a personagem Polina, de *Um jogador* —, a quem ele pretendia encontrar em Paris. Apolinária, porém, envolveu-se com um espanhol, e Dostoiévski voltou para casa sozinho, em outubro, cheio de remorsos e de planos para a obra que viria a ser *Memórias do subsolo.* Encontrou a esposa apresentando os primeiros sinais de tuberculose e acompanhou-a até Moscou para tratamento médico.

Em 1864, Mikhail recebeu a autorização para editar uma nova revista. Rejeitados os nomes *Verdade* (em russo, *Pravda*) e *Solo* (da ideologia que os irmãos Dostoiévski diziam professar, o "telurismo", ou *pótchnitchestvo*),[4] a publicação recebeu o nome

4 O programa do "telurismo" era: "A reforma de Pedro, o Grande nos custou demasiado caro: ela nos separou do povo [...]. Depois da reforma, entre o povo e nós outros, a classe culta, houve apenas um caso de união, o ano de 1812, e nós vimos como o povo se manifestou então. [...] Convencemo-nos finalmente que nós somos também uma nação independente, em alto grau original, e que nosso problema consiste em criar para nós uma nova forma, que seja realmente nossa, retirada do nosso solo, do espírito popular e dos princípios populares [...]. A ideia russa talvez seja a síntese de todas as ideias que a Europa desenvolve com tanta firmeza e coragem, nas suas diferentes nacionalidades" (Leonid Grossman, *Dostoiévski artista*. Rio de Janeiro: Civilização Brasileira, 1967, p. 212).

de *Época.* No mês de março, apareceu em *Época* a primeira parte de *Memórias do subsolo.*

Dostoiévski não conseguiu esconder do irmão sua contrariedade pelas alterações a que a censura submetera o texto:

> Teria sido melhor que não tivesse sido publicado o penúltimo capítulo (onde está expresso o essencial, a própria ideia da obra) do que publicá-lo dessa forma, isto é, com frases deturpadas e que se contradizem entre si. Ai de mim! O que é que se pode fazer? Esses porcos censores: os trechos onde zombei de tudo e às vezes blasfemei por causa das aparências foram deixados, e aqueles onde concluí pela necessidade de fé e de Cristo foram censurados. O que os censores estão fazendo? Estão conspirando contra o governo ou o quê?[5]

Curiosamente, Dostoiévski não buscou restaurar os trechos suprimidos nas publicações posteriores da obra. Joseph Frank, em sua biografia do escritor, afirma:

> Já foi dito muitas vezes que o autor não restabeleceu a forma original de seu texto porque o sentido de sua afirmação inicial dificilmente teria uma importância real para ele e, assim, podia ser negligenciada; mas essa interferência não leva em conta o problema da censura. Em nenhum período da sua vida, Dostoiévski teria encarado a perspectiva perigosa e demorada de convencer os censores a reverter uma decisão anterior. Qualquer tentativa nesse sentido só teria arriscado e atrasado a publicação das reimpressões e edições completas de sua obra, com que contava para atender às necessidades financeiras.[6]

5 Joseph Frank, op. cit., p. 406. **6** Ibid., p. 452.

Tzvetan Todorov, em texto reproduzido nesta edição, oferece uma engenhosa explicação formal para o autor ter mantido as *Memórias do subsolo* em sua versão censurada.

O processo de redação da obra era penoso, como ele dizia a Mikhail:

> [...] voltei a trabalhar na minha novela. Estou tentando me livrar dela o mais rapidamente possível, e ao mesmo tempo compô-la da melhor maneira que puder. É muito mais difícil escrever do que tinha imaginado. E, ainda assim, é absolutamente necessário que ela faça sucesso; é necessário *para mim*. Ela tem um tom extremamente bizarro, brutal e violento; pode não agradar; a poesia terá de abrandá-la toda e torná-la suportável. Mas tenho esperança de que isso vá melhorar.[7]

As dificuldades vinham não apenas da saúde notoriamente frágil do escritor, mas sobretudo da agonia de sua mulher, em cuja cabeceira as *Memórias* vinham sendo escritas. Assim, no começo de abril, ele relata ao irmão:

> Meu amigo, estive doente durante boa parte do mês, depois em convalescença, e mesmo agora ainda não estou totalmente bem. Meus nervos estão em frangalhos e não tenho conseguido recuperar as forças. Há tantas coisas me atormentando que nem mesmo quero falar delas. Minha mulher está morrendo, literalmente. Não há um único dia em que não acredite que estamos vendo sua partida de um momento para outro. Seus sofrimentos são horríveis e isso age sobre mim, porque... Escrevo e escrevo, toda manhã [...] a história está se alongando. Às vezes imagino que não

7 Ibid., p. 405.

> vale nada, e mesmo assim escrevo com entusiasmo; não sei qual será o resultado.[8]

Uma semana mais tarde, Dostoiévski manifesta suas esperanças sobre a novela: "[...] no fundo do coração, conto um bocado com ela. Será algo sincero e poderoso, será verdadeira. Mesmo que seja ruim, causará algum efeito, sei disso". E, em 13 de abril, escreve novamente ao irmão, dizendo que concebera a segunda parte em três capítulos e perguntava-se se poderia publicar apenas o primeiro:

> Seria ridicularizado, tanto mais que, sem a sequência (os outros dois são essenciais), ele perde todo o sabor. Você sabe o que é uma transição na música. É exatamente a mesma coisa. O primeiro capítulo parece ser apenas uma tagarelice; mas de repente essa tagarelice é resolvida nos dois últimos capítulos por uma catástrofe.[9]

Estas seriam as últimas palavras de Dostoiévski sobre a criação das *Memórias*. Maria Dmítrievna morreu poucos dias depois, no final de abril de 1864. Em julho, faleceu o irmão Mikhail, deixando dívidas que somavam 20 mil rublos, uma fortuna naqueles tempos.

Embate com os radicais

Dostoiévski fora preso em 1849 por participar de um misto de clube de leitura e conspiração subversiva conhecido como "círculo Petrachévski". Seu crime: ler em voz alta a famosa carta de 1847 em que o crítico literário Vissarion Bielínski (1811-48) condena o reacionarismo político do escritor Nikolai Gógol

8 Ibid., p. 406. **9** Ibid., p. 407.

(1809-52), chamando o autor de *Almas mortas* (1842) de "pregador do cnute, apóstolo da ignorância, defensor do obscurantismo e do atraso, panegirista dos costumes tártaros".[10]

De regresso à Rússia europeia, o escritor mostrava-se mais do que ansioso para demonstrar que renegava as convicções que o haviam colocado diante do pelotão de fuzilamento — os acusados no processo do "círculo Petrachévski" foram sentenciados à morte, e só quando se preparavam para ser executados receberam a notícia de que suas penas tinham sido comutadas para exílio siberiano. No polarizado contexto político daquela época, Dostoiévski assumiu a defesa irresoluta do tsar — não Nicolau I (1796-1855), que o enviara para a Sibéria, e morrera quando o escritor ainda estava por lá, mas Alexandre II (1818-81), que ascendera ao trono em 1855, no final da desastrosa Guerra da Crimeia, iniciada por seu pai e antecessor.

O novo monarca foi alcunhado "tsar libertador" por ter decretado a abolição da servidão na Rússia, em 1861. Diante de um atraso que ficara patente com a derrota na Crimeia, Alexandre II decretou uma série de reformas no país, abarcando a estrutura administrativa, o judiciário, o sistema educacional, financeiro e militar. Porém, ao mesmo tempo que deixavam insatisfeitos os setores mais conservadores, as mudanças não chegavam a contemplar os anseios dos radicais (a questão agrária continuou pendente após o fim da servidão e a Rússia prosseguiu sendo uma monarquia absoluta, não constitucional), e os conflitos logo explodiriam em violência política, que vitimaria o próprio imperador, morto em um atentado, em 1881.

Nessa atmosfera radicalizada, incêndios se espalharam pela capital, São Petersburgo, em 1862. Verdade que não era

10 Vissarion Bielínski, "Carta a Nikolai Vassílievitch Gógol". In: Bruno Barreto Gomide (Org.), *Antologia do pensamento crítico russo (1802-1901)*. São Paulo: Editora 34, 2013, p. 150.

novidade cidades pegarem fogo em um país cujas construções eram majoritariamente de madeira, e que jamais se encontraram responsáveis pela conflagração (se é que houve responsáveis); mas os reacionários aproveitaram para acusar do incêndio os "niilistas" — termo que Ivan Turguêniev (1818-93) acabara de cunhar em seu romance *Pais e filhos* (1862) para os radicais políticos que tinham sua tribuna em *O Contemporâneo*, editado por aquele que seria um dos alvos primordiais de Dostoiévski nas *Memórias do subsolo*: Nikolai Tchernychévski (1828-89).

Tchernychévski relata que, dias após o incêndio, o autor de *Crime e castigo* visitou-o em seu apartamento, transtornado: "Vim até aqui para tratar de um assunto importantíssimo com um pedido urgente. Você tem boas amizades com as pessoas que queimaram o Mercado de Roupas Usadas e tem influência sobre elas. Eu lhe peço, faça-os parar, evite que continuem a fazer o que fizeram". Ele acrescenta que, para não deixar Dostoiévski ainda mais excitado, concordou em fazer o que o outro lhe pedia, ao que o colega "agarrou-me a mão, apertou-a o mais possível e, numa voz que demonstrava forte emoção, expressou, em frases enlevadas, sua gratidão pessoal porque, por consideração a ele, estava preservando Petersburgo do destino a que a cidade fora condenada — o de ser queimada de alto a baixo".[11]

Tão convictas quanto Dostoiévski do envolvimento do escritor radical na tragédia, as autoridades aproveitaram para tirar *O Contemporâneo* de circulação, encarcerar Tchernychévski na Fortaleza de Pedro e Paulo (onde ele escreveria o romance *O que fazer?*) e, posteriormente, enviá-lo para o degredo siberiano.

Se Dostoiévski esperaria até *Os demônios* para produzir uma evocação literária dos incêndios de 1862, seu embate com o "egoísmo racional" de Tchernychévski começaria antes ainda das *Memórias do subsolo*. Assim, Joseph Frank afirma encontrar

11 Joseph Frank, op. cit., pp. 223-4.

em *Escritos da casa morta* "uma rejeição mais sutil e poderosa" do egoísmo racional, "uma que logo fornecerá inspiração para as *Memórias do subsolo*. Aparece nas páginas que descrevem o desejo frenético dos presos de manifestar a liberdade de suas personalidades, mesmo que, ao fazê-lo, sacrifiquem todo o interesse pessoal no sentido usual para alcançar apenas a ilusão momentânea, irracional, da autonomia moral e psíquica. O que os prisioneiros valorizam mais do que tudo, como Dostoiévski mostra de forma inesquecível, é 'a liberdade ou o sonho de liberdade' e, para manter vivo esse sonho, às vezes farão coisas que parecem loucura".[12]

Também na confissão de Valkóvski em *Humilhados e ofendidos* parece haver uma prévia do relato confessional do narrador de *Memórias do subsolo*: para Frank, "Dostoiévski estava parodiando também o 'egoísmo racional' de Tchernychévski", e Valkóvski é, na verdade, "a primeira reação artística do romancista às ideias radicais dos anos 1860. Dostoiévski usa Valkóvski para levar às últimas consequências a lógica da posição de Tchernychévski — sem aceitar a estipulação de que a razão e o interesse próprio coincidiriam no final, e de que o egoísmo se converteria milagrosamente em beneficência mediante o cálculo racional". Assim, Dostoiévski "estava convencido de que basear a moral sobre o egoísmo era arriscar o desencadeamento de forças da personalidade humana sobre as quais a razão utilitarista tinha pouco controle".[13]

Esse ataque se tornará mais sistemático nas *Notas de inverno sobre impressões de verão*, redigidas, como vimos, às vésperas das *Memórias*. Considere-se, por exemplo, essa passagem do *Ensaio sobre o burguês*, sobre a França, que parece antecipar tantos temas caros ao "homem do subsolo":

12 Ibid., p. 325. **13** Ibid., pp. 185-6.

> Está claro que é muito atraente viver em bases puramente racionais, mesmo que não seja de fraternidade, quer dizer, é bom quando garantem a você tudo, exigindo em troca apenas trabalho e concórdia. Mas nisso aparece um problema: o homem fica, ao que parece, completamente garantido, prometem dar-lhe de comer e de beber, proporcionar-lhe trabalho e, em troca, exigem-lhe apenas uma partícula de sua liberdade individual, em prol do bem comum; é de fato apenas uma partícula, uma insignificante partícula. Mas não, o homem não quer viver segundo estes cálculos, dói-lhe ceder mesmo esta partícula. Parece ao néscio que se trata de um degredo, e que viver a seu bel-prazer é sempre melhor. É certo que, em liberdade, espancam-no, não lhe dão trabalho, ele morre de fome e não tem no fundo nenhuma liberdade, mas, apesar de tudo, o original pensa que viver à sua vontade é sempre melhor. Naturalmente, resta ao socialista apenas cuspir e dizer-lhe que é um imbecil, que não cresceu suficientemente, não amadureceu e não compreende a sua própria vantagem; que uma formiga, uma insignificante formiga, privada do dom da palavra, é mais inteligente que ele, pois no formigueiro tudo é tão bom, tudo está arrumado e distribuído, todos estão alimentados, felizes, cada qual conhece a sua tarefa, numa palavra: o homem ainda está longe do formigueiro![14]

E um embate direto com *O que fazer?* parece estar sendo travado no capítulo V, "Baal", em que descreve Londres:

> A City, com os seus milhões e o seu comércio mundial, o Palácio de Cristal, a Exposição Internacional... Sim, a

14 Fiódor Dostoiévski, *O crocodilo e Notas de inverno sobre impressões de verão*. São Paulo: Editora 34, 2005, p. 135.

exposição é impressionante. Sente-se uma força terrível, que uniu num só rebanho todos estes homens inumeráveis, vindos do mundo inteiro; tem-se consciência de um pensamento titânico; sente-se que algo já foi alcançado aí, que há nisso uma vitória, triunfo. Até se começa como que a temer algo. Por mais que se seja independente, isso por alguma razão nos assusta. "Não era este realmente o ideal atingido?", pensa-se. "Não será o fim? Não será este, de fato, o 'rebanho único'?" Não será preciso considerá-lo como a verdade absoluta, e calar para sempre? Tudo isto é tão solene, triunfante, altivo, que nos oprime o espírito. Olham-se estas centenas de milhares, estes milhões de pessoas que acorrem docilmente para cá de todo o globo terrestre, pessoas que vieram com um pensamento único, que se aglomeram plácida, obstinada e silenciosamente neste palácio colossal, e sente-se que aqui se realizou algo definitivo, que assim chegou ao término. Isso constitui não sei que cena bíblica, algo sobre a Babilônia, uma profecia do Apocalipse que se realiza aos nossos olhos. Sente-se a necessidade de muita resistência espiritual e muita negação para não ceder, não se submeter à impressão, não se inclinar ante o fato e não deificar Baal, isto é, não aceitar o existente como sendo o ideal...[15]

Como destacou Marshall Berman em *Tudo que é sólido desmancha no ar*, as *Memórias do subsolo* estão cheias

de alusões a Tchernychévski e a *O que fazer?*. A mais famosa dessas alusões é a imagem do Palácio de Cristal. O Palácio de Cristal de Londres, construído no Hyde Park para a Exposição Internacional de 1851, e reconstruído em Sydenham Hill

15 Ibid., pp. 113-4.

> em 1854, foi visto de longe por Tchernychévski por ocasião de sua breve visita a Londres em 1851 e aparece como uma visão mágica no sonho de Vera Pávlovna, a heroína de seu romance. Para Tchernychévski e sua vanguarda de "homens novos", o Palácio de Cristal é um símbolo de novos modos de liberdade e felicidade que os russos poderiam usufruir caso dessem o grande salto histórico para a modernidade. Para Dostoiévski e seu anti-herói, o Palácio de Cristal também representa a modernidade, só que simboliza tudo o que há de agourento e ameaçador na vida moderna, tudo contra o que o homem moderno deve se colocar *en garde*.[16]

Vera Pávlovna, no romance utópico de Tchernychévski, tem alguns sonhos, nos quais visualiza uma sociedade ideal. No quarto e último deles, ela vê "um edifício. Um imenso, enorme edifício como há poucos e apenas nas maiores capitais". Ele "se eleva entre campos e prados, pomares e arvoredos. Os campos são o nosso pão, mas não como temos hoje: são espessos e abundantes". Hoje "não há algo assim. Não, já há uma insinuação dele: o Palácio de Cristal, em Sydenham, apenas de ferro fundido e vidro, vidro e ferro fundido". Dentro "há um verdadeiro lar, um imenso lar". E, entre seus moradores, "há poucas pessoas velhas, pois se demora muito a envelhecer devido à vida calma e saudável que conserva o frescor". Nesse idílio, "nos grupos que trabalham no campo, quase todos cantam", pois "há lugar e trabalho para todos. Tudo é espaçoso e abundante". Nesta sociedade, "cada um vive como lhe é melhor", e o futuro "é radioso e lindo".[17]

16 Marshall Berman, *Tudo que é sólido desmancha no ar*. São Paulo: Companhia das Letras, 1986, p. 209. **17** Nikolai Tchernychévski, *O que fazer?*. Curitiba: Prismas, 2015, pp. 388-9.

Na análise de Berman,

> como uma visão de esperança para a Rússia, o sonho de Vera Pávlovna é uma engenhosa variação da familiar esperança populista de um "salto" do feudalismo para o socialismo, eliminando-se a sociedade burguesa e capitalista do Ocidente moderno. Aí, o salto será de uma vida rural tranquila e subdesenvolvida para uma vida desurbanizada, tranquila e abundantemente desenvolvida, sem ter de se passar por uma vida de urbanismo turbulento. Para Tchernychévski, o Palácio de Cristal simboliza a sentença de morte contra "São Petersburgo, Londres e Paris"; essas cidades serão, na melhor das hipóteses, museus do atraso no admirável mundo novo.[18]

Como réplica a isso, Dostoiévski elabora toda uma argumentação em *Memórias do subsolo*, que pode ser sintetizada na seguinte passagem:

> Os senhores acreditam no edifício de cristal, indestrutível para sempre, ou seja, ao qual jamais será possível mostrar furtivamente a língua, nem fazer figa com a mão no bolso. Bem, talvez por isso eu tema esse edifício, por ser de cristal, indestrutível para sempre, e porque nem de forma furtiva seja possível lhe mostrar a língua.
>
> Pois vejam: se, em vez de palácio, fosse um galinheiro e começasse a chover, pode ser que eu entrasse ali para não me molhar, mas nem assim a gratidão por ele ter me protegido da chuva me levaria a tomar o galinheiro por um palácio. Os senhores vão rir, chegarão a dizer que, nesse caso, um galinheiro e um palacete são a mesma coisa. Sim, responderei, se tivéssemos que viver só para não nos molharmos.

18 Marshall Berman, op. cit., p. 232.

O confronto com *O que fazer?* não se resume ao Palácio de Cristal. Como assinala Frank,

> seções inteiras da segunda parte da obra — a tentativa do homem do subsolo de dar um encontrão num oficial na avenida Névski, por exemplo, ou o famoso encontro com a prostituta Liza — têm como modelos episódios específicos do livro de Tchernychévski, e são óbvias *paródias* que inverteram o sentido desses episódios no contexto original.[19]

Do silêncio à consagração

André Gide não está sozinho ou isolado ao considerar *Memórias do subsolo* "o ápice da carreira de Dostoiévski", a "pedra angular de toda sua obra".[20] Surpreende, assim, que ela tenha passado em branco em seu tempo; como conta Frank, "a obra *Memórias do subsolo* atraiu pouquíssima atenção na época em que foi publicada (nenhum periódico russo fez resenhas críticas a seu respeito); só veio a adquirir proeminência depois de muitos anos".[21] Segundo o biógrafo, é muito provável que Dostoiévski

> tenha considerado a obra um fracasso — como o foi, na verdade, se usarmos como medida sua ausência total de efetividade em termos de polêmica. Ninguém entendeu realmente o que Dostoiévski tentara fazer (com exceção, como veremos, de Saltykov-Schedrin); e mesmo que Apollon Grigóriev (1822-1864), com seu faro artístico, tenha elogiado a novela e tenha dito ao amigo que continuasse a

19 Joseph Frank, op. cit., p. 431. **20** André Gide, *Dostoïevski: Articles et Causeries*. Paris: Plon, 2014, p. 103. **21** Joseph Frank, op. cit., p. 428.

escrever nesse tom, o silêncio do restante do mundo literário foi incontestavelmente ensurdecedor.[22]

Mikhail Saltykov-Schedrin (1826-89) era um escritor satírico, colaborador de *O Contemporâneo*, que Dostoiévski alfineta no capítulo VI da primeira parte das *Memórias*:

> Um pintor, por exemplo, pinta um quadro de Gue. Imediatamente bebo à saúde do artista que pintou o quadro de Gue, pois amo tudo que é belo e sublime. Um autor escreve "como apraz a cada um"; bebo imediatamente à saúde "de cada um", pois amo tudo que é "belo e sublime". Exigiria respeito por isso, perseguiria quem não me demonstrasse respeito. Morreria tranquilo, morreria solene: um encanto, um encanto absoluto. Deixaria crescer então uma tal barriga, armaria um tamanho queixo triplo, fabricaria um tal nariz de sândalo que todo passante diria, ao olhar para mim: "Que máximo! Esse sim é verdadeiro e afirmativo!". Seja como quiserem, é agradabilíssimo ouvir esse tipo de opinião neste nosso século tão negativo, meus senhores.

Autor de um elogio ao quadro *A última ceia*, de Nikolai Gue (1831-94), que desagradara a Dostoiévski, e de um artigo publicado em *O Contemporâneo* e intitulado, justamente, "Como apraz a cada um", Schedrin não se fez de rogado, e retrucou com uma sátira mordaz, na mesma revista: a "fábula dramática" *As andorinhas*:

> A nova obra que terminei tem o título de *Memórias sobre a imortalidade da alma.* Trata-se de uma questão da mais grave importância para as andorinhas e, como devemos

22 Ibid., p. 474.

> mostrar, antes de tudo, que nossa revista é um órgão de andorinhas publicado por andorinhas e para andorinhas, é perfeitamente natural que eu tenha levado isso em conta na hora de escolher também o assunto. As *Memórias* foram escritas por uma andorinha doente e vingativa. No começo, ela discorre sobre todos os tipos de absurdo; que está doente e é vingativa, que tudo no mundo está virado de pernas para o ar, que suas entranhas estão doendo, que ninguém pode prever onde haverá uma grande quantidade de cogumelos no próximo verão e finalmente que todo o mundo é escória e não se tornará bom até que se convença que é escória e, em conclusão, é claro, mude para o verdadeiro tema de suas meditações. A maioria de suas provas ela vai buscar em São Tomás de Aquino, mas, como não menciona o fato, o leitor pensa que as ideias pertencem ao próprio narrador. Depois, temos o cenário da história. Não há na história escuridão nem luz, mas uma espécie de cinza; não se ouvem vozes humanas, apenas assobios; não se veem figuras humanas, mas é como se morcegos estivessem esvoaçando no escuro. Não é um mundo fantástico, também não é um mundo real, mas é por assim dizer uma Cocanha. Todos gritam, não sobre alguma coisa, mas apenas porque suas entranhas doem (*espirra de emoção e cai em silêncio*).[23]

Outro ataque veio no célebre artigo "Um talento cruel", que Nikolai Mikhailóvski (1842-1904) publicou no ano seguinte ao falecimento do escritor, 1882. Em sua crítica à obra de Dostoiévski, o autor afirma que "no homem do subsolo, toda e qualquer manifestação da vida está inevitavelmente entrelaçada com a crueldade e o desejo de torturar. E certamente não

23 Ibid., pp. 484-5.

é uma coincidência casual que o próprio Dostoiévski sempre e em todo lugar examine cuidadosamente a mistura de crueldade e ódio com sentimentos diversos, que à primeira vista não possuem nenhuma relação com os primeiros".[24]

Logo, porém, as traduções francesas (*L'Esprit souterrain*) transformariam a obra de Dostoiévski em fenômeno que transcenderia as fronteiras da literatura, como atesta a carta do filósofo Friedrich Nietzsche (1844-1900) a Franz Overbeck (1837-1905), em 23 de fevereiro de 1887:

> [...] eu também não sabia nada a respeito de Dostoiévski até algumas semanas atrás — pessoa inculta que sou, sem ler "periódicos"! Em uma livraria, minha mão simplesmente aconteceu de repousar sobre *L'Esprit souterrain*, uma recente tradução francesa (o mesmo tipo de sorte que me fez encontrar Schopenhauer quando eu tinha 21 anos, e Stendhal quando tinha 35!). O instinto de afinidade (ou como devo chamá-lo?) falou-me instantaneamente — minha alegria era sem limites; desde meu primeiro encontro com *Rouge et noir*, de Stendhal, eu não conhecia tamanha alegria.[25]

Essa epifania seria transformadora para Nietzsche, conforme atestado em missiva a Georg Brandes, em 20 de novembro de 1888: "Coloco sua obra como o material psicológico mais precioso de que tenho conhecimento — sou-lhe grato de uma forma notável, por mais que ele vá contra meus instintos".[26]

Thomas Mann chega a chamar Nietzsche e Dostoiévski de

24 Nikolai Mikhailóvski, "Um talento cruel". In: Bruno Barretto Gomide (Org.), op. cit., p. 442. **25** Christopher Middleton (Sel. e trad.), *Selected Letters of Friedrich Nietzsche*. Indianapolis: Hackett, 1996, pp. 259-60. **26** Ibid., p. 326.

> irmãos de espírito e companheiros de destino que superaram toda a mediocridade rumo à dimensão do trágico e grotesco, apesar das diferenças fundamentais de origem e tradição: o professor alemão, cujo gênio luciferino se desenvolveu (estimulado pela doença) a partir da formação clássica, da erudição filológica, da filosofia idealista e do romantismo musical, e o cristão bizantino, que desde o início carecia daquelas inibições humanistas que marcaram Nietzsche, e que ocasionalmente pôde ser percebido por este como "o grande mestre", simplesmente porque não era *alemão* (pois libertar-se do seu próprio germanismo era o anseio máximo de Nietzsche), porque agia como libertador do moralismo burguês e porque confirmava a disposição ao confronto psicológico, ao crime do conhecimento.[27]

Abre-se, então, toda uma interpretação psicológica e filosófica do livro.

Para Georg Steiner,

> o que deve ser enfatizado é o fato de que *Memórias do subsolo* foi uma solução brilhante para o problema do conteúdo filosófico no interior da forma literária. Distintamente dos *contes philosophiques* do Iluminismo ou dos romances de Goethe, nos quais o aspecto da especulação é tão deliberadamente externo à ficção, as *Memórias* coalescem o abstrato ao dramatizado — ou na terminologia aristotélica, elas fundem a "reflexão" ao "argumento". Como gênero, nem o *Zaratustra* de Nietzsche nem as alegorias teológicas de Kierkegaard impressionam tanto quanto a obra dostoievskiana. Juntamente com Schiller, a quem ele considerava como um modelo constante, Dostoiévski alcançou

27 Thomas Mann, op. cit., p. 115-6.

> uma instância rara de equilíbrio criativo entre os poderes poéticos e filosóficos.[28]

Nikolai Tchirkóv, por seu turno, sublinha que

> *Memórias do subsolo* representa um modelo característico da subsequente evolução do gênero do romance de Dostoiévski rumo a uma unidade sempre crescente do psicológico e do social. Se nessa obra o psicológico se faz sentir agudamente nas vivências mais ocultas e íntimas do protagonista, nas sinuosidades da sua psique, o romance social evidencia-se na viva e concreta representação histórico-social do meio social.[29]

Afinal, o protagonista do livro não mora em local indeterminado: nas palavras de Dostoiévski, ele teve "a excepcional infelicidade de habitar São Petersburgo, a cidade mais abstrata e premeditada de todo o globo terrestre".

Como é recorrente na obra do autor, a Petersburgo de *Memórias do subsolo* não é a idílica "Veneza do Norte", de palácios e canais, e sim a opressiva selva de pedra burocrática que oprimira os personagens de *O cavaleiro de bronze* (1833), de Aleksandr Púchkin (1799-1837), e *O capote* (1842), de Gógol (não devemos nos esquecer que as *Memórias* fazem alusão a três criações gogolianas: *Almas mortas*, *Diário de um louco* e *Avenida Névski*, as duas últimas de 1835). Nas palavras de Lukács, "Dostoiévski foi o primeiro, e ainda não ultrapassado, em retratar as

28 George Steiner, *Tolstói ou Dostoiévski: Um ensaio sobre o Velho Criticismo*. São Paulo: Perspectiva, 2006, p. 168. **29** Nikolai Tchirkóv, *O estilo de Dostoiévski: Problemas, ideias, imagens*. São Paulo: Editora 34, 2022, p. 59.

deformações mentais que são ocasionadas como necessidade social pela vida em uma cidade moderna".[30]

Já Bakhtin, celebrizado por evocar a noção de polifonia nas obras de Dostoiévski, vê mesmo no monólogo das *Memórias* uma intenção dialógica:

> *Memórias do subsolo* são um *Icherzählung* de tipo confessional. A ideia inicial do autor era chamar-lhe Confissão. E estamos realmente diante de uma autêntica confissão, que não entendemos em sentido pessoal. A ideia do autor está aqui refratada como em qualquer *Icherzählung*; não se trata de um documento pessoal mas de uma obra de arte. Na confissão do "homem do subsolo", o que nos impressiona acima de tudo é a dialogação interior extrema e patente: nela não há literalmente nenhuma palavra monologicamente firme, não decomposta. Na primeira frase o herói já começa a crispar-se, a mudar de voz sob a influência da palavra antecipável do outro, com a qual ele entra em polêmica interior sumamente tensa desde o começo.[31]

Para Bakhtin,

> o "homem do subsolo" trava consigo próprio o mesmo diálogo desesperado que trava com o outro. Ele não pode fundir-se até o fim consigo mesmo em uma voz monológica única, mantendo totalmente a voz do outro (tal ele não seria, sem evasiva), pois, à semelhança de Goliádkin, sua voz deve ter ainda a função de substituir a do outro. Ele não pode chegar a um acordo consigo mesmo, assim como não

30 Georg Lukács, "Dostoevsky". In: René Wellek (Org.), *Dostoevsky: A Collection of Critical Essays*. Englewood Cliffs: Prentice-Hall, 1962, p. 153.
31 Mikhail Bakhtin, *Problemas da poética de Dostoiévski*. Rio de Janeiro: Forense Universitária, 2013, p. 319.

pode deixar de falar sozinho. O estilo do seu discurso sobre si mesmo é organicamente estranho ao ponto, estranho à conclusão, seja em momentos isolados, seja no todo. É o estilo de um discurso inteiramente infinito, que, é verdade, talvez seja mecanicamente interrompido mas não pode ser organicamente concluído.[32]

Rumo aos monumentos épicos

A alusão de Bakhtin a Goliádkin (protagonista de *O duplo*, romance de 1846 fortemente marcado pelo fantástico germânico de E. T. A. Hoffmann) leva à investigação da relação entre *Memórias do subsolo* e o resto da produção dostoievskiana. Joseph Frank afirma que "há indícios de que Dostoiévski pretendia escrever uma série de episódios nos quais a figura central seria o homem do subsolo"[33] e, embora o projeto não tenha seguido, encontram-se reverberações inequívocas dele em suas criações posteriores.

A exemplo de Bakhtin, Leonid Grossman identifica as raízes do "homem do subsolo" ainda no Dostoiévski inicial, anterior ao exílio siberiano. Escreve ele:

> As personagens dostoievskianas do tipo do homem do subsolo estão extremamente próximas dessas figuras interiormente dilaceradas. Esta fórmula ressoou em sua obra, pela primeira vez, somente em 1864, mas ela já se percebe em Goliádkin, Ordínov e Opískin. No essencial, é uma inteligência enraivecida, que se isolou da vida e dos homens, ou então uma personalidade torturada pela existência, e que se torna um supliciador, que zomba de tudo o que é "belo e sublime", que renega todas as ideias grandes e

32 Ibid., p. 319. **33** Joseph Frank, op. cit., p. 403.

> progressistas de seu tempo, como ideais e abstratas, isto é, impotentes, segundo a sua concepção, de lhe trazer qualquer vantagem pessoal. Motivos das *Memórias do subsolo* repetem-se às vezes nas reflexões de Raskólnikov, Svidrigáilov, Ippolit Terêntiev, Chigaliov e outros.[34]

Grossman vê ainda as *Memórias* "como prolegômenos diretos, como uma introdução artística a *Crime e castigo*". Para ele,

> a exemplo do homem do subsolo, Raskólnikov isola-se do mundo, para uma crítica livre das suas leis intangíveis, de acordo com a sua própria vontade livre; e neste isolamento em relação aos homens, repleto de sofrimento mental e esgotado espiritualmente, ele pede salvação a uma moça das ruas, de quem recebe, em resposta à sua tortura moral, a dádiva suprema da compaixão e da simpatia. Numa série de seus momentos essenciais, *Crime e castigo* apresenta-se como um desenvolvimento das *Memórias do subsolo*, complicadas pela tragédia do assassínio e por todo o complexo dos problemas morais e psicológicos com ele relacionados.[35]

Por fim, D. S. Mirsky identifica nas *Memórias* chaves de leitura para os romances finais dostoievskianos, que

> são todos dramáticos em construção, trágicos em concepção, e filosóficos em significado. São totalidades muito complexas: não apenas o enredo está intrinsecamente ligado à filosofia — na própria filosofia, o Dostoiévski essencial, que temos em forma pura em *Memórias do subsolo*,

34 Leonid Grossman, op. cit., p. 143. Goliádkin, como dito, é o protagonista de *O duplo*; Ordínov, de *A senhoria*; Opískin, de *A aldeia de Stiepántchikovo e seus habitantes*; Raskólnikov e Svidrigáilov, de *Crime e castigo*; Terêntiev, de *O idiota*; Chigaliov, de *Os demônios*. 35 Ibid., p. 162.

está inseparavelmente misturado com o Dostoiévski mais jornalístico do *Diário de um escritor*. Daí a possibilidade de ler esses romances de pelo menos três formas diferentes. A primeira, como seus contemporâneos os leram, relaciona-os às questões correntes da vida pública e social russa dos anos 1865-80. A segunda os vê como a revelação progressiva de uma "nova cristandade" que encontrou sua expressão final nos personagens de Zossima e Aliócha Karamázov, no último dos quatro romances. A terceira liga-os às *Memórias do subsolo*, e o núcleo central trágico da experiência espiritual de Dostoiévski.[36]

36 Dmitry Mirsky, *A History of Russian Literature: From its Beginnings to 1900*. Nova York: Vintage, 1958, pp. 286-7.

FIÓDOR DOSTOIÉVSKI nasceu em Moscou, em 1821, e morreu em São Petersburgo, em 1881. Após uma estreia brilhante na literatura com *Gente pobre* (1846), foi preso e condenado à morte em 1849, por sua participação no assim chamado Círculo Petrachévski. Teve a pena comutada para quatro anos de trabalhos forçados na Sibéria e, após uma década de prisão, serviço militar obrigatório e exílio, obteve permissão para voltar à Rússia europeia e retomar a atividade literária. Relatou a experiência do degredo siberiano em *Escritos da casa morta* e, após a novela *Memórias do subsolo*, escreveu romances como *Crime e castigo*, *O idiota*, *Os demônios* e *Os irmãos Karamázov*. Obteve notoriedade com a coluna jornalística *Diário de um Escritor*. É considerado um dos maiores prosadores da literatura.

IRINEU FRANCO PERPETUO é jornalista e tradutor, colaborador da revista *Concerto*, jurado do programa *Prelúdio* (TV Cultura) e apresentador do programa *Empório Musical* (Cultura FM). Autor de *Como ler os russos* (Todavia, 2021, segundo colocado no Prêmio Biblioteca Nacional, categoria Ensaio Literário — Prêmio Mário de Andrade) e *História concisa da música clássica brasileira* (Alameda, 2018). Traduziu obras de, entre outros, Púchkin, Tolstói, Dostoiévski, Turguêniev, Bulgákov e Vassili Grossman (*Vida e Destino*, segundo colocado no prêmio Jabuti, categoria Tradução).

TZVETAN TODOROV nasceu em 1939 na Bulgária e morreu em 2017, em Paris, onde viveu desde os anos 1960. Filósofo, crítico literário, historiador e ensaísta, fundou a revista *Poétique*, com Gérard Genette, nos anos 1970. É autor de mais de vinte livros em diversos campos das humanidades, entre eles *Os gêneros do discurso*, *Teorias do símbolo* e *Crítica da crítica*. Em 2008, ganhou o prêmio Príncipe das Astúrias de Ciências Sociais.

© Todavia, 2022
tradução e posfácio © Irineu Franco Perpetuo, 2022
Les Genres du discours, Tzvetan Todorov © Editions du Seuil, 1975

Todos os direitos desta edição reservados à Todavia.

Grafia atualizada segundo o Acordo Ortográfico da Língua Portuguesa de 1990, que entrou em vigor no Brasil em 2009.

Original usado para tradução: Записки из подполья, em Ф. М. Достоевский. Собрание сочинений в 15 томах. Л.: Наука. Ленинградское отделение, 1989-1996. (F. M. Dostoiévski. *Obras reunidas em 15 volumes*. Leningrado: Naúka. Seção de Leningrado, 1989-1996.)

capa
Valentina Brenner | Foresti Design
ilustração de capa
Samuel Jessurun de Mesquita/ The Rijksmuseum/ Rawpixel
preparação
Yuri Martins
revisão
Ana Alvares
Huendel Viana

Dados Internacionais de Catalogação na Publicação (CIP)

Dostoiévski, Fiódor (1821-1881)
Memórias do subsolo / Fiódor Dostoiévski ; tradução e posfácio Irineu Franco Perpetuo ; ensaio Tzvetan Todorov. — 1. ed. — São Paulo : Todavia, 2022.

Título original: Записки из подполья
ISBN 978-65-5692-349-9

1. Literatura russa. 2. Novela. I. Perpetuo, Irineu Franco. II. Todorov, Tzvetan. III. Título.

CDD 891.7

Índice para catálogo sistemático:
1. Literatura russa : Novela 891.7

Bruna Heller — Bibliotecária — CRB 10/2348

todavia
Rua Luís Anhaia, 44
05433.020 São Paulo SP
T. 55 11. 3094 0500
www.todavialivros.com.br

fonte
Register*
papel
Pólen natural 80 g/m²
impressão
Geográfica